ち

与力・仏の重蔵3

藤 水名子

時代小説

二見時代小説文庫

目次

奉行闇討ち――与力・仏《ほとけ》の重蔵3

第一章　藤の花の咲くころ

一

土蔵の錠前は、壊されたわけでも、無理矢理こじ開けられたわけでもない。

そもそも、壊したり力ずくでこじ開けられるようなヤワな代物《しろもの》ではなかった。錠前作りで有名な安芸《あき》からわざわざ取り寄せた特注の錠だと主人が自慢する頑丈な錠前だ。専用の鍵がなければ開けられないし、当然鍵を用いて開けられている。

蔵の中にも荒らされた様子はなく、千両箱は整然と積まれていた。ざっと数えただけでも、五十はあるだろう。

到底《とうてい》、賊が侵入したあとのようには見えなかった。

「本当に、盗まれたのか？」

そのため、同心の吉村新兵衛《よしむらしんべえ》は主人に訊《たず》ねる。

「勘違いじゃねえのか？」

「いいえ、確かに一つ、なくなっております」

吉村が訊ね、主人が応える。

ここへ来てから何度か繰り返されている不毛な会話だ。重蔵《じゅうぞう》が到着してからも、既に二度目のやりとりだった。

五十がらみの板倉屋《いたくらや》の主人・仁三郎《にさぶろう》は、吝嗇《けち》との噂どおり、ろくなものも食べていないのか、ちょっと異様なほどに痩《や》せている。身につけた紺茶《こんちゃ》の紬《つむぎ》も、仕立てた当初は上等な品だったのかもしれないが、いまは古びて、かなり草臥《くたび》れていた。或いは、先代からのお下がりかもしれない。

だが、吉村に何度同じことを訊ねられても少しも怯《ひる》まず同じ答えを繰り返すところは、さすがに大店《おおだな》の主人らしい落ち着きぶりといえた。

「鍵を、かけ忘れただけなんじゃねえのか？」

古参の同心とも思えぬ吉村の問いは更に続く。

「まさか。毎晩、私が確認して、蔵の鍵も、寝所《しんじょ》まで持ってまいります。先代より店を引き継ぎましてから、もう何十年もそうしております。忘れるわけがございません」

「合鍵《あいかぎ》は？　誰かが合鍵を持ち出したんじゃねえのか？」

「合鍵は、万一のときのために、ただ一つだけ作ってございますが、用心棒の先生方に寝ずの番をしていただいておりますから、持ち出すなど、とても……皆様、道場では目録《もくろく》以上という腕前のお方ばかりでございますから」

「目録以上、ねぇ」

なにか言いたげに主人を見据えていた吉村は、だがそれを己の喉元《のどもと》で飲み込むと、ふと重蔵を顧《かえり》みた。

「どう思います、戸部《とべ》さん？」

重蔵は二人から少し離れた、入口の石段の下にいた。そのあたりの足跡がどうなっているか、吉村の連れてきた目明かしとその手先《てさき》とともに、検分しているところだった。

顔をあげて吉村を見ると、

「大勢の用心棒が交替で見張ってる大店の邸宅にこっそり忍び込んで、とりわけ見張りの厳重な金蔵に近づき、剰《あまつさ》え、鍵もねえのに錠前をはずして蔵ン中に入り、千両箱を一つ盗んで行く。そんな芸当が、本当にできると思いますか？」

途方に暮れたように訊いてくる。気の強い吉村にしては珍しく、助けを求める口調である。

「鍵は、腕のいい鍵師がいれば、開けられないことはねえし、見張りの交替の刻限を見はからえば、蔵に近づくことも可能だろう。腕のいい盗《ぬす》っ人《と》ならな」

「そりゃあ、そうかもしれませんが」

事も無げな重蔵の言葉に、吉村はあからさまな不満顔をした。

確かに、理屈はそうかもしれないが、実際には見張りの交替など、さほどのときは要さない。せいぜい厠《かわや》へ行って戻ってくる程度の時間だろう。その隙に、鍵を開けて蔵に入り、大の男がやっと担《かつ》げる重さの千両箱を軽々と肩に担いで霞《かすみ》の如く逃げ去るなど、到底人間業とは思えない。

「たとえば、見張りの用心棒の中に仲間がいりゃあ、容易《たやす》い話だ」

「ま、まさか！」

不意に悲鳴のような声をあげたのは、主人の仁三郎である。それまでの落ち着きぶりが嘘のように一転取り乱し、

「用心棒の先生方は、皆様、身許《みもと》のしっかりした方々ばかりでございます。まさか、うちの先生方に限って、盗っ人と通《つう》じているなど、そんなこと、あるはずが……」

泣きそうな声で訴えた。

（なるほど。用心棒どもには、相当支払ってるようだな。吝嗇な人間ほど、金をかけるべきところには惜しまずかけるというからな）

重蔵は内心苦笑する。爪に火を点《とも》して稼いだ金で雇い入れた用心棒の中に盗っ人の仲間がいるなどとは、夢にも思いたくないに違いない。

「だが、そうでもしねえと、これだけ警戒の厳重な札差《ふださし》の家に忍び込んで、金蔵から金を盗み出すのは無理な相談てもんなんだぜ」

宥《なだ》めるように重蔵は言い、言いながら石段をあがって蔵の中に足を踏み入れた。踏み入ったところで足を止め、じっと中を眺めてみる。

格子窓から朝日が射《さ》し入るため、いまはそれほど暗くないが、夜間ならこうはいかないだろう。ましてや、昨夜は月のない闇夜だった。格子窓から月明かりが射し入ることはなく、もし賊がここへ侵入したとすれば、彼は闇の中で素早く行動したことになる。

（とすれば、人数はやはり、一人か二人。ここに大勢で入るのは無理だ）

整然と積み上げられた千両箱の山をじっと見つめてから、重蔵はゆっくりと踵《きびす》を返した。

「先月伊勢屋《いせや》に入った賊と、同じ奴でしょうかね」

外へ出たところで、険《けわ》しい表情の吉村が、それでも声を落として重蔵の耳許に囁《ささや》いた。

「さあな」

「でも、主人の言ってることが本当だとすれば、伊勢屋ンときとまったく同じ手口ですよ」

「本当だとすればな」

「そりゃ、信じ難い話ではありますがね、江戸でも有数の札差の主人が、わざわざ嘘の訴えなんかしてきますかね」

「おめえ、伊勢屋の主人の言うことは、ハナから疑ってたじゃねえか」

「そうですけど、だからって、そんな嘘ついたって、何の得もねえでしょう」

「それはわからねえよ」

「え？」

「伊勢屋も板倉屋も、同じ札差だ。なんらかの理由があって、口裏《くちうら》を合わせてるのかもしれねえ」

「…………」

吉村の反応にはお構いなしに、重蔵は真っ直ぐ歩を進める。通用口から外へ出て、そのまま往来を行く。

「戸部さん」

「そろそろお奉行が出仕される頃おいだ。俺はこのまま奉行所へ戻るよ」

「お奉行に、報告するんですか？」

「しないわけにはいかねえだろ」

驚きと戸惑いの入り混じった表情で問う吉村を顧みて、重蔵は苦笑した。

吉村の困惑の理由がわかりすぎるだけに、苦笑するしかなかった。

（無理もねえけどな）

吉村に限らず、おそらく南町奉行所の与力同心一人残らず、奉行の矢部駿河守《やべするがのかみ》定謙《さだのり》を、苦手《にがて》としている。嫌いなわけではなく、あくまで苦手なのだ。嫌われるような悪人ではないが、皆が親しく馴染《なじ》めるほどに気さくな人柄でもない。彼を前にすれば一様に空気が張りつめ、独特の緊張感が漲《みなぎ》る。

それは、無意識に背筋が伸び、薄皮一枚を剝《は》がされるようなヒリヒリした緊張感である。そんな緊張感を好む者はいない。だが、

「それが俺の仕事だよ」

と笑顔で吉村に言い置いた重蔵の胸には、また別な物思いがあった。

ヒリヒリした緊張感を覚えるほどには、矢部と重蔵の距離は遠くない。寧《むし》ろ、極《きわ》めて近いといえる。

だが、それを余人に知られてはならない。

だから、諸々《もろもろ》厄介《やっかい》なのである。

「なにも、いますぐ報告しなくても――」

と言いかけ、だが吉村は途中でやめた。気安めを言っても仕方がないとすぐに気づいたからだ。どうせいつかは報告しなければならないのなら、いやなことは先延ばしにせず、さっさと片付けるほうがいい。吉村は、重蔵の気持ちをそんなふうに忖度《そんたく》した。

もとより、重蔵の心中は、そんなに単純なものではない。

長じて後《のち》ならともかく、幼少時の十歳の年の差は決定的だ。

たとえば、重蔵がやっと物心ついた三つ四つの頃、八軒先の組屋敷に住む矢部家の嫡男・彦五郎《ひこごろう》は、既に書を学び、道場にも入門《みご》していた。

「あれはいつだったか……そのほうがまだ三つ子くらいの頃であったな。庭の梅の木に登って降りられなくなったのを、儂《わし》が降ろしてやったことなど、そのほうは露ほども憶えていまいな」

と言われるたび、戸惑いとともに、多少いやな気持ちになった。

（憶えているわけがないではないか）

だが、言い返したい衝動に、重蔵は辛《かろ》うじて耐えた。

「いまでこそ一人前のさむらい面《づら》をしておるが、子供の頃は、それはそれは優しい、まるで女性《にょしょう》のような気性であったぞ。顔立ちも、いまとは比べものにならぬほど可愛らしかったのう」

揶揄《からか》われるたび、なんで自分はこの男より遅く生まれてきたのだろう、どうせ遅く生まれるなら、十年と言わず、二十年遅く生まれればよかったのに、と自らの運命を激しく呪《のろ》った。二十も違えば、最早《もはや》完全に大人と子供。なにを言われようと、諦めもつく。

大人ならまだしも、前髪だちの少年の口から物心つく以前の自分を語られることは、苦痛以外のなにものでもなかった。

長じて後は流石《さすが》に笑い飛ばせるようになったが、多感な少年期はそうもいかない。なにを言われても腹が立つし、己の知らぬ己の昔話を聞けば容易《たやす》く傷つく。子供心は、大人が思うよりずっとか弱く繊細なものだ。

「そうそう、可愛らしいといえば、怖い話を聞かせると、夜厠へ行けなくなるからやめてくれと言って泣いておったのう」

心の底から、やめてくれ、と叫びたかった。

それ故、信三郎《しんざぶろう》と呼ばれた幼少期には、その男のことが苦手だった。

(だいたい、やめてくれと頼んでも、ちっともやめず、面白がって怖い話ばかり聞かせたのは彦五郎兄ではないか。あれが年長者のすることか)

いつも内心では彼への不平を漏らしていた。

あのことがなければ、或いは終生彼とは馴染《なじ》めなかったかもしれない。

それは、遊び相手を求めて組屋敷を飛び出した重蔵が、連日のように町家の子供たちと遊ぶようになった頃のことである。重蔵が町家の子らと親しくなることを案じた両親が、息子に意見してくれるよう、密かに彼に頼み込んだのだろう。

なにしろ、町家には武家のように七つにして席を同じくせず、というような倫理観はない。寺子屋へ通う年頃になってもなお、男児も女児も、一緒になって遊ぶ。万が一、間違いが起こらぬとも限らない。両親はそれを案じたのだろうが、折角《せっかく》遊び相手ができて毎日楽しそうにしている息子を頭ごなしに叱るのも憚《はばか》られた。大人よりはまだ歳の近い彦五郎であれば上手《うま》く言い聞かせてくれるのではないか、と期待してのことだったのだろう。

しかし、結局のところ、両親は人選を誤ったと言わねばならない。

「しばらく見ぬうちに、大きくなったのう、信三郎」

年上とはいえ、元服《げんぷく》したばかりの少年が、まるで久しぶりに顔を合わせる親戚の伯父《おじ》のような重々しい口調で言い、重蔵はさすがに噴き出しそうになった。

(彦五郎兄も、存外馬鹿だ)

内心、嘲《あざけ》っていた。だが、

「そなた近頃、町人の子らと親しくしているそうだな」

変わらぬ口調で直截《ちょくせつ》問うてきたとき、重蔵はさすがに色を失った。まさか、親がそんなことを彼に相談していようとは夢にも思わないから、果たして、彦五郎とは千里眼《せんりがん》かと疑った。

「町人の子らと遊んで、楽しいか?」

重蔵は答えなかった。

てっきり、頭ごなしに叱られるとばかり思っていた。ところが――。

「楽しいのであれば、存分に親しむがよい」

「え？」

重蔵は耳を疑った。

だが彦五郎は、少年らしからぬ大人びた口調で更に言った。

「よいか、信三郎、我らは武士だ」

「はい」

「武士と、それ以外の身分の者たちの違いがなんだかわかるか？」

「それは……」

重蔵は容易く答えに詰まった。所詮《しょせん》六歳の小童《こわっぱ》である。

「武士と、それ以外の身分の者たちとの違いはな、刀の所持を許されているか、いないかだ」

「………」

彦五郎は重蔵の答えを待たずに言い、重蔵はただ彼の言葉に聞き入っていた。

「刀を所持するというのは、己の命にも他人の命にも、責任を持つということだ。ひと度《たび》刀を持てば、必ず抜かねばならぬときが来る。望むと望まざるとにかかわらず、だ」

「はい」

「そして刀を抜いたら最後、確実に、尊い命が喪《うしな》われることになるのだ。それ故武士は、知らねばならぬ」

「なにをです?」

とは聞き返さず、重蔵はただ彦五郎の言葉を聞く。

「刀を持った武士といえども、儚《はかな》い、か弱い存在なのだということを、だ」

「武士はか弱い存在ですか?」

「ああ、か弱い。それ故我ら武士は、己を厳しく鍛えねばならぬ」

「はい」

「だが、刀を持たぬ百姓町人らは、もっとか弱い。そのか弱き者たちの暮らしを守ってやるのが武士のつとめだ。ならば、存分に町家の者たちと親しみ、彼らの暮らしを知るがよい。知らねば、彼らを憐れむ気持ちも興《おこ》るまい」

「ですが、父上も母上も、侍の子が、町人などと遊ぶものではないと私を叱ります」

「それは仕方あるまい」

彦五郎は少しく苦笑した。

「親というのは、そういうものだ」

「そういうものとは、どういうものですか?」

と聞き返したい欲求に、重蔵は必死で堪《こら》えた。だが。

「但《ただ》し、信三郎──」

「はい？」

ふと口調を変えた彦五郎の顔を、重蔵は思わず見上げた。なにか重要なことを言われるのだと本能的に察したためだ。

「親しむのはよいが、間違っても、町人の娘に惚《ほ》れてはならぬぞ」

「…………」

「身分の違う者同士が惚れ合っても、所詮添い遂げることはかなわぬ。畢竟《ひっきょう》悲しい思いをすることになる。……そちの親御も、それを案じておられるのだ」

「…………」

重蔵のポカンとした表情に気づくと、彦五郎は苦笑し、

「そのようなこと、そちにはまだまだ早過ぎるのう。ははは……とんだ杞憂《きゆう》じゃ」

少年らしからぬ老成した口調で言い、六歳になったばかりの重蔵の頭をやや乱暴に撫でまわした。

子供扱いは面白くないとはいうものの、このとき重蔵は、文字どおり見上げる思いで、その賢《さか》しらな少年の顔をふり仰いでいた。十歳の年の差は決定的だと覚ったのは、

或いはこのときだったかもしれない。

（武士はか弱い存在――）

彼が口にする言葉はすべて、そのときの重蔵にとっては難しく、理解に苦しむばかりだったが、いつか理解したい――否、理解すべきだ、と思った。

故に重蔵は、子供の頃から、尊敬すべき年長者として矢部彦五郎を敬い、その物腰、挙措《きょそ》、言動のすべてを見習ってきた。それこそが、理想の武士の姿だと信じて――。

学問はともかく、剣の腕だけは追いついたのではないかと自負している。免許皆伝《めんきょかいでん》を許された齢は、矢部よりも数年早く、弱冠二十歳のときだった。

「剣の才は、儂より上かもしれん」

手放しで褒められたことが、重蔵にはなにより嬉しかった。

同じ組屋敷内に住み、学問所へ通いはじめるやいなや、その秀才ぶりを喧伝された矢部家の嫡男にかなうものが、たった一つでもあったことが、本当に嬉しかった。もしそれがなければ、重蔵はいまごろ、劣等感の塊のような人間になっていたに違いない。

二

矢部定謙は問い返したが、書見台《しょけんだい》に向いたままの顔を重蔵に向けようとはしない。

「『板倉屋』だと？」

「札差の板倉屋か？」

だが、問い返す面上には、少なからず驚きの色が滲んでいた。五十を過ぎたいまも怜悧《れいり》な眼差しに翳《かげ》りはなく、こうして相対していると、少年の頃に戻ったのではないかと錯覚してしまう。

「はい、昨夜蔵前《くらまえ》の札差・板倉屋が襲われ、土蔵の千両箱が一つ盗まれました」

だが少年の頃とは違い、いまは恐縮して顔を伏せる。伏せたままで、重蔵は答えた。入室してから、まだ一度も顔をあげて奉行の顔を正視していない。気の進まぬ報告のときは大抵そうなる。聞いている矢部のほうも、じっと書見台を睨んだままだから、お互い様というものだったが。

「札差を襲うとは、大胆な。犠牲はどれほどだ？　死者の数は？」

「それが、一人も……」

「なに、一人残らず、か？　一家皆殺しとは、許せぬ」

矢部の顔色が忽《たちま》ち怒りに染まるのを、その語気だけで充分察し得たので、

「いいえ、死者は一人もおりません」

重蔵は慌てて言い返す。

「なに？」

「一人の犠牲者もでておりません」

「なんだと？」

矢部は書面から顔をあげ、漸《ようや》く重蔵のほうに視線を投げた。

「札差の金蔵を襲って、一人の死者も出していない、だと？」

「はい」

重蔵も仕方なく顔をあげ、矢部と目を合わせる。

「それはまことか？」

「はい」

「まことに、一人も殺さず、金だけを奪い去ったと言うのか？」

「はい」

問うほうも答えるほうも、互いに困惑の表情である。なんとも気まずい瞬間だった。

「ふうむ……信じられぬな。蔵前の札差ともなれば、相応に警備を固めておろう。一体如何《いか》にして金蔵に忍び入ったのだ？」

「これはあくまでそれがしの、ただの推測にすぎませぬが――」

「なんだ？」

気重な口調で重蔵は切り出し、矢部は厳しく先を促す。

「おそらく、見張りの者の交代のときを見はからって蔵に近づき、自らの技を以て鍵を開けたのではないかと思われます」

仕方なく、重蔵は己の考えを述べた。

問われたから、仕方なく応えたのである。

「なんだと」

だが、矢部は忽ち顔色を変えた。

「賊はたったの一人だと申すか？」

「盗まれた千両箱も一つでございますから、一人でも可能ではないかと」

「なるほど」

「或いは、使用人の誰かが手引きをしたのかもしれませぬ。……が、それはもう少し調べを進めてみませぬと――」

「しかし、盗まれた千両箱がたったの一つとはのう」

「実は、お奉行様にはまだ報告いたしておりませんでしたが――」

遂に意を決して、重蔵は言った。

「なんだ？」

「実は、先月にも、同じく蔵前の札差『伊勢屋』の金蔵から、千両箱が一つ、忽然《こつぜん》と消えております」

「なに？　聞いておらぬぞ」

「はい。ご報告いたしませんでした」

「何故報告を怠《おこた》った？」

常々、いちいち奉行の儂を煩《わずら》わせず、己の才覚にて決裁せよ、それが与力の務めである、と言っていることも忘れたのか、険しい顔つきで矢部は問う。

（ったく、これだから――）

内心の不満をひた隠しつつ、

「なにしろ、盗まれたと主人が主張する千両箱は一つでございます。本当に賊が押し入ったのかどうか、疑わしかったもので――」

重蔵はスラスラと言い訳を口にした。

「ふむ」

「しかと調べがついてから、お耳に入れるべきかと思いまして――」

「なるほど、それで調べはついたのか？」

「いいえ、まったく――」

「たわけッ」

「ははッ」

鋭く叱責され、重蔵は恐縮して畏《かしこ》まる。少なくとも、表面上は――。

「だいたい、先月の伊勢屋も、昨夜の板倉屋も、本当に、盗賊の仕業なのか？　盗まれたというのは、店の主人が申しておることであろう。使い込んで赤字を出したので、帳尻を合わせるために盗賊に奪われたなどとほざいておるのではないのか」

「それは……」

鋭い舌鋒で問い詰められ、重蔵は困惑気味に口ごもる。

狂言《きょうげん》ではないかと疑っているのは、ほかならぬ重蔵自身も同じである。それ故、伊勢屋の件の報告を怠っていた。

しかし、昨夜また、酷似した事件が起こってしまった。起こってしまった以上、今度こそ報告しないわけにはいかない。主人同士がなんらかの目的で口裏を合わせての狂言だったとしても、だ。

いや、狂言だとすれば、江戸で有数の札差の主人たちが一体なんの目的でそんな馬鹿げた真似をするのか、厳しく詮議《せんぎ》しなければならない。

(とはいえ、賊の可能性が全くないってわけでもねえ)

と重蔵は思ったが、伊勢屋の件の報告を怠っていただけに、今日の矢部への報告は正直気が重かった。

このところ、たいして大きい事件は起こっておらず、奇跡のように平穏な日が続いている。伊勢屋の件は、仮に狂言ではないとしても、或いは主人の思い違いではないか、と囁く声が多く、重蔵も閉口《へいこう》していた。

これが普通の商家であれば、千両箱が一つ消えれば一大事だが、常時二十三十と千両箱を積み上げている札差の金蔵から一つ二つ消えても、ものの数ではないように思えてしまう。

だからこそ、賊も、敢《あ》えて一つだけ盗んでいったのかもしれないが。

だが、これがもし、本当に盗賊の仕業《しわざ》であれば、相当な手練《てだれ》である。

札差は、その商売柄、普通の商家とは比べものにならぬほど警備は厳しく、腕の立つ武士を大勢用心棒に雇っている。もとより、伊勢屋も板倉屋もそうしていた。

厳しい警備の目をかいくぐって蔵に近づき、錠前を破り、家人に気づかれずに千両箱を奪った。

そんな、神業ともいうべき芸当のできる盗っ人がもし江戸に現れたとしたら、相当厄介な事態であった。

そんなことを、矢部も瞬時に思案したのだろう。

「もし本当に盗賊の仕業とすれば、見事な手際だ」

一旦激しかけた感情を押し込め、いつもと同じ口調で矢部は言った。

「近頃そのような賊の噂を、そのほうは聞いておるか？」

「いえ、一向《いっこう》に――」

重蔵は素直に応えた。

有能な火付盗賊改《ひつけとうぞくあらため》の働きもあって、この数年で、名だたる盗賊一味は残らずお縄となった。故に、いまこの場ですぐに思い当たる盗賊の頭《かしら》は一人もいない。一味ではなく、一人働きの盗っ人だとすれば、尚更《なおさら》だった。

「札差の金蔵を狙うなど、大胆不敵な真似をするのは天下のご政道に対する挑戦だ。見過ごしにはできぬ」

「はい」

「だが、一人も殺さず、千両箱一つを盗む盗賊では、火盗《かとう》もなかなか動くまい。これは町方《まちかた》の仕事だ」

「…………」

重蔵は無言で項垂《うなだ》れた。

見当すらつかない賊を必ず捕らえます、と無責任な口約束はできない。その苦衷《くちゅう》は、矢部にも容易に察せられたのだろう。それ以上は敢《あ》えて何も言わず、重蔵を下がらせた。

(もしこれが同じ賊の仕業で、彦五郎兄の言うように、世間を騒がせるのが目的なら、いずれ又、別の札差が襲われるかもしれねえ)

奉行の居間を辞去した重蔵の胸中には、更なる暗雲が垂れ込めている。

人を殺さず、見事な手口で金だけを盗む盗賊。もしその賊が、盗んだ金を庶民にばら撒《ま》くようなら、彼は義賊《ぎぞく》ということになる。

たとえ金をばら撒かずとも、札差から盗んでいる、という時点で、充分義賊の資格はあった。

高利を以て金を貸し付け、三年先の蔵米《くらまい》までその担保《たんぽ》に差し押さえている札差は、貧乏旗本・御家人たちにとっては、仇《かたき》のようなものである。金にものを言わせて豪奢《ごうしゃ》な生活を営み、武士を武士とも思わぬ札差どもを、彼らに生活のすべてを握られている貧乏武士たちは心の底から憎んでいよう。その憎い札差から、鮮やかな手際で金を奪う盗賊が存在するとするならば、その盗賊は、少なくとも、貧乏旗本・御家人にとっての「英雄」だ。幸い札差の世話にはならずにすんでいるとはいえ、重蔵とて同じ直参《じきさん》として、札差全般に対していい感情はもっていない。

それ故、莫大な富を得ながら、なお貪欲に財を欲し、日毎夜毎に金を勘定している札差の金蔵から、誰も殺さず誰も傷つけることなく、千両箱を盗み去る盗賊を、密かに好もしくさえ感じてしまう。そんな盗賊を捕らえることに心血を注《そそ》げるか、重蔵には甚《はなは》だ自信がなかった。

それ故の、胸の暗雲であった。

三

（とにかく喜平次《きへいじ》に聞いてみるか）

胸の暗雲を自ら払い除けるようにして思い、重蔵は巳《み》の刻過ぎ、再び蔵前の板倉屋へ向かった。

現場を、もう一度仔細に検分するためだった。できれば喜平次を連れて行って鍵を開けられた土蔵のさまを見せるのが望ましいが、さすがにそれは無理な相談だ。得体の知れない町人を、札差の土蔵に入れるわけにはいかない。

だから、重蔵がよく見ておいて、逐一喜平次に教えるしかない。

(或いは、《旋毛《つむじ》》の喜平次ならば、可能か?)

目的地までの道々、重蔵は思った。

「札差? 冗談じゃねえや、あんなおっかねえとこに、忍び込めるわけがねえでしょう」

喜平次の呆れ顔が目に浮かんだ。

「それに、千両手に入れたら、一生遊んで暮らせますよ。金輪際《こんりんざい》危ねえ橋は渡りませんや」

苦笑混じりに口にするであろう言葉も、容易に想像できた。

(そりゃあ、そうだ。俺だって千両手に入ったら、ケチなお勤めなんか辞めて、のんびり遊んで暮らすよ)

想像して少しく楽しむ。

麗《うらら》かな陽射しが、重蔵の足下に長く影を落としている。今日は朝一《あさいち》で手先の報告を受けて板倉屋へ向かい、板倉屋から奉行所に出仕した。手先の知らせを聞いてすぐに家を出たため、朝餉《あさげ》を食していなかった。ケチな板倉屋は、茶の一杯も饗《きょう》してはくれなかったので、さすがに空腹をおぼえはじめている。

（蕎麦《そば》でも食うか）

と思ったのは、たまたま通りかかった蕎麦屋の店先から、芳《こう》しい出汁《だし》の匂いが漂っていたからだ。

ふと足を止め、老舗《しにせ》らしく年季の入った暖簾《のれん》をくぐろうとしたとき、

「旦那、旦那」

不意に呼びかけられて、重蔵は足を止めた。

「権八《ごんぱち》」

「ああ、ちょうどよかった」

気安く呼びかけながら駆け寄ってきたのは、目明かしの権八である。十手《じって》持ちになってからの年月は既に二十年をこえる。そんな権八が、激しく息を切らしているのが、重蔵には些《いささ》か気になった。

「どうした？」

「一緒に来ていただけますか」

重蔵の問いと、権八からの要請の言葉が殆《ほとん》ど重なる。

「なんだ？」

「亀戸《かめいど》天神さまの門前の岡場所で、女郎《じょろう》が、刃傷沙汰《にんじょうざた》をおこしてるらしいんですよ」

大真面目な顔つきで権八は言い、重蔵は訝《いぶか》った。

「女郎が刃傷沙汰？」

「ええ、詳しいことはよくわからねえんですが、なんでも、剃刀《かみそり》を振りまわして暴れてるとか……」

「暴れてる？　人死《ひとじ》にでもでたのか？」

「それは、まだ……わかりませんが」

「人死にがでたわけでもねえのに、わざわざ番屋に知らせてきたのか？」

「さ、さあ……」

奇妙としか思えぬほど、権八の返答は煮え切らない。

「女一人くらい、誰も止める者《もん》はいねえのか？」

「そりゃあそうなんですが……なにしろ、刃物振り回して暴れてるわけですから、これから人死にがでねえともかぎりません」

権八の困惑顔が、必死に何かを訴えている。

（この男が、こんな顔をすることがあるのか）

目の覚める思いであった。

亀戸天満宮の門前の岡場所はこのあたりでは名物の一つにもなっており、お参りに来た帰りに立ち寄る罰当たりな客で繁盛している。もとより、無認可の見世《みせ》である。で、ある以上、どんな厄介事が起こっているのか知らないが、本来奉行所の与力を連れて行くような場所ではない。

「岡場所の揉め事など、知ったことか」

冷ややかに言い放たれるのは当然としても、

「儂を平同心扱いするかッ！」

相手によっては激昂されぬとも限らない。

だが、平素親しく馴染んでいるため、重蔵に対してはつい気易《きやす》さが先行してしまうのだろう。なにしろ、暇なときには、いなくなった町家の飼い猫の捜索だって進んで手伝うのが、《仏《ほとけ》》の重蔵だ。

「一緒に来ていただけませんかね、旦那？」

「ああ、いいよ」

苦笑を堪えつつも、至極あっさり重蔵は応えた。

権八ほど経験豊富な目明かしが、弱りきって助けるを求めてくるからには、なにか相応の理由があるのだろう。そういうときには必ず手を差し伸べるのが重蔵の信条である。

「すみませんね、旦那」

恐縮しつつ、権八は重蔵を誘《いざな》った。

亀戸天神の門前の見世は、さすがに場所柄をわきまえて、何処《どこ》も落ち着いた佇まいになっており、一見老舗《しにせ》の旅籠《はたご》のようである。老舗の旅籠が、十軒ほども軒を連ねていた。

格子の中には妓《おんな》たちの姿も見られるが、まだ時刻が時刻だけに、あからさまに声をかけてきたりはしない。うっかり目が合っても、微妙に媚《こび》を含んだ笑みを向けてくるだけだ。こんなところに、こんな時刻から足を踏み入れる侍が、まさか与力ほどの身分の者とは夢にも思わないだろう。

(やはり、年増《としま》が多いな)

思うともなく、重蔵は思ってしまった。

こうした場末の岡場所には、かつて吉原《なか》の大見世や中見世に出ていた妓も少なくない。年季が明けず、馴染みの客に落籍《ひか》してもらうこともなく、さかりを過ぎてあまり稼げなくなってくると、より条件の悪い見世に売られてしまう。

中には、悪い男に欺《だま》されたりして、見世に買われたとき以上の借金を負わされてしまう妓もいる。吉原では稼げなくとも、場末の岡場所でなら、まだまだ売り物になる。

しかも、吉原にいたという触れ込みの女郎なら、それなりの高値もつく。

だが、質《たち》の悪い見世に移れば、当然扱いも悪くなる。十になるかならぬかで廓《くるわ》に売られ、十五、六で水揚げされると、日に二〜三人、多いときには五〜六人も客をとらされて過ごす。過酷な労働に耐えられなかったり、性病が悪化したりして、遠からず死んでしまう。

それが、畢竟《ひっきょう》身をひさいで生きる女たちの末路である。

(女と生まれて、誰かの妻となることもなく可惜《あたら》花の盛りを散らされる。なんと憐れなさだめであることか)

思うと、重蔵の胸は切なく痛む。どうしようもないことだとわかっていても、本気で心を痛めてしまうのが、重蔵の悪い癖だ。

吉原であろうが場末の岡場所であろうが、重蔵が廓という場所を苦手とするのは、或いはそこに生きる女たちの悲しさが透けて見え過ぎるからなのかもしれない。

(その刃傷沙汰をおこしたという女郎も、蓋《けだ》しつらいさだめを負ってきたのだろう

な）

「いや〜ッ」

甲高《かんだか》い女の悲鳴に驚き、重蔵はっと我に返った。

「この見世です、旦那。立花屋《たちばなや》です」

権八が足を止め、女の声がする二階を振り仰いだ。

「いや、いや、いや〜ッ、もうお客なんかとらない。死んでやる——ッ」

「や、やめなさい、朱美《あけみ》ッ」

「ねえさん、やめて！」

「そんな物騒なもの、こっちへ寄越しなよ、朱美」

「やかましいよッ。つべこべぬかすなら、お前らも道連れだよッ」

宥めようとする周囲の者たち——おそらく楼主《ろうしゅ》や遣《や》り手《て》だろう——の声など容易く跳ね返し、追いつめられた女の叫び声が、天神さまへの参拝客で賑わう路上にまで漏れ響いていた。

「立花屋」は、門前に連なる岡場所の中でもひときわ目立つ、大きな楼だった。

見世の中に通され、楼主の話を聞こうとしていたとき、一人の女郎が階《きざはし》を駆け降りてきた。

「権八親分！」

必死の顔つきで権八の前に立った女の年の頃は二十七、八。年増だが、色白で瞳が大きく、気だてのよさそうな女である。

「お願い！　朱美ねえさんを、しょっ引かないで！」

「お咲《さき》……」

だが、女をひと目見た瞬間、権八は厳《いか》めしい顔面に困惑の色を浮かべて気まずげに目を逸《そ》らした。

もとより、重蔵はそれを見逃さない。

（さては、馴染みの妓か）

即座に察した。

そうとわかれば、最前、権八が見せた煮え切らなさも納得できる。馴染みの妓がいる見世に御用の向きで足を踏み入れたくないのは勿論、妓の前でうっかり失態を見せるなど、以《もっ》ての外《ほか》だ。だから、重蔵に救いを求めてきたのだろう。

「ねえさん、男にだまされたんですよ。身請けしてくれるってお馴染みさんの言葉を信じて、親爺さんから借金しちまったんです。あともうちょっとで、年季があけるところだったのに……」

「控えろお咲、こちらは、南町奉行所与力の旦那だぞ」

「え？」

「気にするな。たかが与力だ」

権八の言葉に驚いて怯《ひる》みかけるお咲に、重蔵はすかさず微笑《ほほえ》みかけた。ことが急を要するようなので、手っ取り早く話を聞かねばならない。

「それより、教えてくんな、お咲ちゃん」

「は、はい」

「朱美ねえさんが、馴染みの男に騙《だま》されたことを、どうして知ったんだい？」

「昨日、お役人がうちに来たんです」

重蔵の笑顔を見たお咲は、彼が怖い相手ではないと瞬時に理解し、存外落ち着いた口調で話しはじめた。

「ねえさんのお馴染みさんは、喜六《きろく》さんて行商の人なんですけど……たしか、越後《えちご》のほうから来てる人で、去年の秋くらいから、お馴染みになったんです」

「喜六は、なにを商ってたんだ？」

「ええと、……鋏《はさみ》とか包丁《ほうちょう》です」

「鋏とか包丁か？」

重蔵は鸚鵡返《おうむがえ》しにお咲に問う。

「ええ、そりゃあ、よく切れるんだそうです」

「ああ、そうだろうな。越後鍛冶《かじ》の刃物はよく切れると評判だ」

「そうなんですか？」

「そうだよ。評判がよいので、かなりの高値がつく」

「ところが、その商い物、実は職人さんのところから盗んだもので、喜六さんは兇《きょう》状《じょう》持ちだったんです」

「なんだと！　それはまことか？」

「はい、昨日来たお役人がそう言ってました」

「そのお役人というのは、奉行所の同心ではなく、火盗の者だな？」

一応確認しておきたかったのは、南町にはそういう男の兇状はまわってきていなかったからである。

「は、はい」

重蔵の問いに、不得要領《ふとくようりょう》にお咲は肯《うなず》いた。

奉行所の同心だろうが火盗だろうが、お咲のような女にとってはどうでもよいことだ。なんでそんなことを訊くのかと、お咲の満面には忽ち重蔵に対する不信感が満ちる。それを察して、重蔵は口調を改めた。

「では、その喜六という男は、職人を殺して鋏を奪ったのか？」

「いえ、殺してはいないようです」

「だが、火盗が来たのだろう？　火盗は通常、殺し以上の罪を犯した者しか追わぬはずだが」

お咲が、存外賢いようだとわかったので、最早《もはや》宥め賺《すか》すように話さなくてもよいと重蔵は判断した。

「それが、訴えたのが、一人や二人じゃないらしいんですよ。大切な商い物を奪われた職人さんは言うまでもありませんが、なにしろよく切れるって評判の品物なんで、どこの問屋に持ち込んでも喜ばれるらしくて、そういう問屋から注文をとって、前払い金だと言って、お金を騙し取ったらしいんです」

「なに、金を騙し取った？」

「ええ、それも、だまされたのは一人や二人じゃないみたいで……」

「確かに、問屋なら、よりよい品物を仕入れたいと思うのは当然だ。一つ一つ売り歩くよりは余程よい稼ぎになる。喜六とやら、なかなか賢いな」

「ええ、それに口もうまくて、『夫婦《めおと》になろう』って口約束を、ねえさんすっかり本気にしちまったんです」

「それで、楼主から借りた金を、喜六に貸してしまったのか」

「はい。お金が返せなければ、ねえさん、あと十年もこの見世で働かなきゃなりません」

「十年……」

重蔵の眉間が鈍く曇った。

お咲がねえさんと呼ぶくらいだから、騒ぎの張本人である朱美という女郎は、そろそろ三十路《みそじ》にさしかかろうという年頃だろう。あと十年女郎を続けるのはさすがに酷《こく》な年齢だ。だからこそ、男に身請けしてもらおうと、必死になった。そして、欺《だま》された。憐れすぎる話ではないか。

「とにかく、朱美の話を聞こう」

「ねえさんを、助けてあげてくださいね、旦那」

心配そうに見返すお咲にもう一度優しく微笑みかけてから、重蔵は階に足をかけた。

その途端、
ぎゅしッ、

と踏みづらが軋《きし》んで、低く湿った音をたてる。それが、恰《あたか》も女の悲しい泣き声のようにも聞こえて、重蔵にはやりきれなかった。

「来ないでッ。それ以上近づいたら、今度こそ、喉《のど》を掻《か》き切るからねッ」

剃刀の刃を自らの喉笛にあてがいながら、朱美が言い放つ。痩せぎすで、見るからに幸薄そうな感じの女だった。だが、切れ長の眼に形のよい鼻、真っ赤な紅《べに》がよく似合う扇情的な唇は、彼女がかつて相当の美女であり、吉原でも売れっ子であったと思わせるに充分だった。

ただ、切れ長の目蓋《まぶた》の縁には細かく刻んだほどの皺《しわ》が目立ち、そこには塗り込めたように白粉《おしろい》がたまっている。

「や、やめなさい、朱美……し、死んで花実が咲くものか――」

狼狽《うろた》えた声音で懸命に宥めようとする楼主の肩を摑んで引き戻しつつ、

「喉を掻き切っても、すぐには死ねない。痛い思いをすることになるぞ」

落ち着いた声音で重蔵は言った。

「痛い思いをしても、死ねなかったらどうする？」

問いかけつつ、窓辺に立つ朱美の真正面にまわりこんだ。両手首、しどけなくはだけられた襟元から覗く首の付け根など、無数の躊躇《ためら》い傷があり、白い肌には点々と血のあとが滲《にじ》んでいる。

「じゃあ、どうやったら死ねるのよぉ〜ッ」

剃刀を、己の喉元へあてがったまま、朱美は激しく言い返した。

「死ねるさ」

一瞬の間をおき、至極あっさり、平淡な声音で重蔵は応じた。

「え？」

拍子抜けした朱美は、当然剃刀を持つ手を少し下ろす。

「どうせ、いつかは死ぬよ」

その一瞬の隙を見極めつつも、重蔵はなお変わらぬ口調で言う。

「誰でも、死ぬんだ。俺も、おめえもな」

「………………」

「それでも、いますぐ死にてえのか？」

「死に……たいよ」

朱美は即答したが、その口調は鈍く、些《いささ》かの躊躇《ためら》いが生じていた。

「刃物で喉なんか切ったら、そりゃあ、痛ぇぜ。大の男でも我慢できるもんじゃねえ」

「…………」

「いままでずっと、つらい思いしてきたんだろ。なにも、死ぬときまで、痛ぇ思いすることたねえだろ」

「死ぬときは、誰だって痛い思いするんだよ」

「そうか？」

「え？」

「天寿を全うして死ぬなら、眠るように楽に死ねるって言うぜ」

「い、いくつまで？」

「…………」

「いくつまで生きたら、その天寿とやらをまっとうできるのよ？」

「さあ……あと二十年か三十年か、長生きするなら、五十年だって生きるかもしれねえな」

「そんなに長生きしたかないわ」

「俺もだ」

重蔵は破顔《わら》った。

「女も抱けねえ体になるまで生きていたくはねえな」

つられて、朱美も笑いそうになった。だが、辛うじて堪《こら》えた。それでも、思わず重蔵の笑顔に見入った朱美の右手は、本人の意志とは別に、ダラリと膝まで垂れている。

すかさず飛びつこうと身を乗り出しかける権八を、だが重蔵は厳しく目顔《めがお》で制した。

「けど、おめえはもう少し生きてたほうがいいと思うぜ、朱美」

「ど、どうして？」

はじめて重蔵に名を呼ばれ、朱美は少なからず狼狽《うろた》えた。商売柄、男には慣れている。慣れてはいるが、それはあくまで、灯りを消した部屋の中で二人きりのときのことだ。白昼、女の側へ来て、大真面目な顔で話をするような男にお目にかかったのははじめてだった。

誠実という言葉など知らないし、たとえ知っていたとしても、どの男が誠実な男なのかを見抜ける術《すべ》もなく今日まで生きてきた。だから、自ら進んで、男の嘘を信じようとした。信じたかった。信じては、裏切られた。

裏切られ続けた。

最早こんな自分をまともに相手にしてくれる男など、この世に一人もいないと思った。絶望した。死にたい、と思った。

なのに、いま目の前にいる身なりのいい侍は、何故こんなにも生真面目《きまじめ》に、自分のような女郎を相手にしてくれるのだろう。

そう思うと、朱美の体は無意識に震え、手にした剃刀も膝のあたりでぶるぶると震えていた。

「どうして、そんなこと言うのよッ」

朱美が、手にした剃刀を膝下まで下ろしているのをしかと確認してから、

「どうしてかって？」

重蔵は、俄《にわか》に軽い口調になった。

「悪い男に欺された可哀想なおめえを憐れんで、楼主の勘兵衛《かんべえ》は、二、三日おめえを休ませた上、なにか美味《うま》いもんをご馳走してくれるからだよ。な、勘兵衛、そうだろ？」

「え、ええ、そりゃあ、もう……鰻《うなぎ》でもなんでも、好きなものを……」

楼主の勘兵衛は、存外小心な善人であるらしく、夢中で重蔵の言葉に合わせた。

「…………」

朱美の手から、剃刀が落ちる。

刃尖がサクッと音をたてて畳に刺さった瞬間、重蔵は足早に進み出、小腰を屈《かが》めて

その剃刀を手にとった。

手にとって、素早く己の懐に呑んだとき、

「旦那〜ッ」

号泣した朱美が、重蔵に向かって飛びついてきた。

「え？」

予想外の事態に、重蔵は少々狼狽えた。

「旦那ッ、旦那〜ッ」

「お、おい、どうした、朱美？」

戸惑いつつも、重蔵は無意識に、朱美の体の重みを左肩のあたりに受け止めた。女の体の甘い重みを不愉快に感じるほど、重蔵も不粋な人間ではない。但し、安物の白粉《おしろい》と髪油の匂いには些《いささ》か閉口させられたが——。

朱美が泣きやんだのは、それから半刻ほどもあとのことである。

四

「そういや、旦那、どちらかへお出かけじゃなかったんですかい？」

「あ、ああ」

権八の言葉に、重蔵は曖昧《あいまい》に肯いた。

朱美を宥《なだ》めて更に話を聞いてやり、楼主からは執拗なほどに礼を言われて「立花屋」を出た。言われずとも、一刻も早く本来の目的に戻りたいが、その目的を、権八に知られたくはない。知れば権八は、

「では、あっしもご一緒いたしましょうか？　御用の筋でしょう？」

と言い出すに決まっているからだ。

「特に御用の筋ってわけじゃねえんだ。いつものように、そのへんをひとまわりしてくるだけだ」

「じゃあ、折角《せっかく》ですから、あっしも一緒にまいりましょう」

「え？」

重蔵は戸惑った。

権八にしてみれば、本来自分一人で解決すべき面倒事に重蔵をつきあわせたから、自分も重蔵につきあおう、というつもりかもしれないが、それこそ余計なお世話であった。

（どうしたら、こいつを撒けるかなぁ）

思案しながらも、重蔵は仕方なく歩き出した。

とにかく、腹が減っている。一刻あまりも「立花屋」にいたのだから、てっきり、楼主が気を利かせてなにか出してくれるかと期待していた。なにしろ無認可という負い目があるから、町方の同心や目明かしが立ち寄れば、酒肴を振る舞い、中には気前よく袖の下まで払う楼主も少なくない。立花屋の楼主とて、平素はそうしている筈だが、騒ぎのせいで余程狼狽えていたのだろう。結局、茶の一杯も飲ませてくれなかった。期待を裏切られた失望感は大きく、いまはとにかく、なんでもいいから腹に入れたい。

だが、権八の前で、屋台の寿司や天ぷらを貪《むさぼ》り食うのはどうも気が引けた。と言うより、もしこれが昼飯時か夕飯時で、権八も腹が減っているのであれば、

「なんか食うか？」

と気軽に誘えるのだが、中途半端な時刻であるためなんとなく切り出しにくい。

「ところで、旦那」

重蔵のあとを追いながら、

「札差の板倉屋から千両箱が盗まれたってのは本当ですか？」

権八は、暢気《のんき》な口調で問うてくる。

今朝方重蔵を呼びに来たのは権八の手先だが、権八自身は姿を見せなかった。或いは、立花屋のお咲のところにいて、後朝《きぬぎぬ》でも愉しんでいたのかもしれない。

「たぶんな」

短く応えて、重蔵はふと足を止めた。

権八を自分から引き離すにあたって、よい思案が浮かんだのだ。

「おめえ、そんなに暇なら——」

笑顔で権八を顧みる。

「悪いがちょいと火盗へ行って、喜六って野郎がお縄になったかどうか、聞いてきてくれねえか」

「え？」

「おめえも、気にならねえか？」

「え、ま、まあ、それは……」

「気になるだろ」

「でも、火盗のお役人は、気やすく教えてくれますかね」

「既にお縄にしたのであれば、教えてくれるだろう」

「まだ捕まってなかったら？」

さすがに不安げな様子で権八は問い返す。世間の裏を知り尽くした目明かしの親分でも、火盗は苦手なのである。

「怒鳴りつけられるだろうな」

「え？」

「お縄にすりゃあ手柄だが、逃がしたとあっちゃ、火盗の面目丸つぶれだ。南町の御用を務める目明かし風情《ふぜい》に、とやかく言われたかないだろうぜ」

「そんな……」

「だから、相手が顔色を変えて怒りだすようなら、すぐに逃げろ」

言いながら、重蔵は密かに忍び笑ったが、権八は気づかず、ただ困惑顔に重蔵を見返した。

「でも、そんなことお訊きになって、一体どうするおつもりなんです？」

「はて、どう、とは？」

「喜六って野郎がまだ捕まってねえなら、まさか、ご自分でお縄にしようとお考えなんじゃねえでしょうね」

存外鋭く指摘されて、重蔵は内心驚く。

「旦那！」

重蔵が即答しないため、さては図星であったかと、権八は顔色を変えた。職務に熱心過ぎるのは仕方ないとしても、他人の職域を――よりによって火盗の職域を荒らすような真似をしては後々面倒だ。

権八の杞憂《きゆう》が瞬時に察せられたので、

「考えちゃいねえよ、そんなことは」

重蔵はあっさり手を振ってみせた。

「じゃあ、一体なんでそんなこと訊きに行け、と？」

「火盗にいたこともある俺が、火盗の探索の仕方を知らねえと思うか？　喜六が、もし火盗の目をかいくぐって逃げたとすりゃあ、町方風情に捕まえられるわけがねえんだよ」

「それがわかってて、どうして喜六のことを気にするんです？」

至極当然な問いを発した権八の顔を、しばし無言で重蔵は見つめ返した。十手を与るようになってから二十年余、古強者《ふるつわもの》といっていい域《いき》に達した権八に、己の本心を明かさず使い走りをさせようというのが、そもそも間違いだった。

重蔵は己の不覚を少しく悔いた。

それ故、すぐに本音を口にした。

「もしまだ捕まってねえとしたら、喜六は、もう一度朱美のとこへ顔を出すんじゃねえかと思ってな」

「まさか。それはないでしょう」

「いや、わからんよ。男ってなあ、存外おめでてえ生き物だからな。てめえの嘘が女にバレるなんて、夢にも思っちゃいねえ。……とりわけ、喜六みてえに、人を欺すことを生業《なりわい》にしてる野郎はな」

「そ、そうでしょうか」

「その上厄介なことに、女のほうも、嘘と承知の上で、男を待ってたりするもんだ」

ゆるゆると歩を進めながら重蔵は言い、チラッと権八を顧みた。

「いやなら、別に行かなくてもいいよ」

「え?」

「ただちょっと、気になっただけだ。おめえが、喜六は金輪際朱美のとこへ顔を出さないと思うなら、行かなくていい」

「ちょ、ちょっと、旦那」

「だが、お咲に会いに行くついでに、朱美のことも、ちょっとは気にかけてやってくれ」

穏やかに言い置いて重蔵は足を速め、

「は、はい」

権八はつり込まれるように肯いた。

重蔵の背は、見る見る参拝客の人波に飲まれていってしまうというのに、権八の足は不思議とその場に止まったままだった。

「い、行きますよッ、行けばいいんでしょ！」

しばし後、我に返った権八は思わず声高に口走っていた。

重蔵の言い方は、言葉つきこそ優しげだが、権八にとっては殆ど脅しのようなものだった。これまでの経験から言って、大抵の場合、重蔵の見込みのほうが正しいのだ。

「そんなこと言われたら、行くしかないでしょう」

だが、口走ったときには、もとより重蔵の姿は、権八の視界からは完全に消えている。たまたま手頃な蕎麦屋に出くわし、暖簾をくぐったのだが、その瞬間人波の死角となって権八には見えなかった。

五

板倉屋の土蔵を再度仔細に検分したあと、重蔵は再び亀戸天神へと足を向けた。

折しも藤の花の季節である上、この日がお悠《ゆう》の、月違いの命日であることを思い出したのだ。

亀戸天神は江戸でも有数の藤の花の名所で、「亀戸の五尺藤」とか「亀戸の藤浪」と言われて人々に親しまれている。

(だがお悠自身は、一度でも亀戸の藤を見たことがあったのだろうか)

男女の仲になる以前から、毎年のように誘われていたが、結局一度も一緒に行くことはなかった。仕方がなかった。火盗に配属されてからは、花が、一体いつ咲いていつ散ったかも気づかぬような毎日だったのだ。

だから重蔵は、お悠が死んでからというもの、年に一度、藤の花の咲いている季節には必ず、亀戸天神を訪れるようにしていた。

大鳥居をくぐるとすぐ目の前が心字池《しんじいけ》で、橋を渡って先へと進む。橋は、最初が大きめの太鼓橋(男橋)、次が平橋、更に小さめの太鼓橋(女橋)、と続き、これを渡りきった先に、道真《みちざね》公のおわす本殿がある。

女橋を渡ると、本殿の周辺には藤棚が設《しつら》えられており、藤棚の藤は既に満開だ。そのさまは、紫の紗《うすぎぬ》が風に棚引いているかと錯覚する鮮やかさで、実に五尺もあろうかと思われる見事な花をつけている。

「いつもながら、見事な藤ですね」

いつしか、重蔵にだけ見えるお悠が傍《かたわ》らに寄り添い、重蔵にだけ聞こえる声で語りかけてくる。

（そうだな）

「あんな色の着物が欲しい」

（ああ、お悠には似合うだろうな）

「本当？　嬉しいわ」

お悠ははしゃいだ声をだすが、重蔵にはそれが些か悲しい。どんな色の着物だろうが、望むままに買ってやりたい。だが、たとえ何枚仕立ててやっても、お悠は、その着物に袖をとおすことはできないのだ。

「ね、お守り買って帰りましょうよ」

「ああ、いいよ」

重蔵がつい物思いに耽《ふけ》ってしまい、お悠の声がしばし途切れたとき、傍らを行く男女の会話が不意に耳に飛び込んできた。

大勢の花見客で、境内も神苑もごった返しているが、男一人で来ている者など殆どいない。大抵は男女二人連れか、若い娘数人、或いは若い男数人の集団である。装いこそは、倹約令のあおりで控えめだが、皆、楽しそうに花を愛《め》でている。

一人淋しく訪れている武士の姿など、重蔵以外、何処にも見られない。

(場違いだな)

それに気づくと、重蔵は無意識に苦笑した。

最奥にある社殿まで行き、菅公《かんこう》の像を拝んでから、重蔵はゆっくりと踵《きびす》を返した。

立花屋の騒ぎにときを費やしたため、そろそろ申《さる》の刻にさしかかろうとしている。

本来、道草を食っているどころではなかった。これでは、喜平次の——というか、お京の家に着く頃には、日が暮れてしまう。

重蔵は足を速めたかったが、前が詰まっていて、なかなか思うようにはならなかった。

「ねえ、今度はいつ来る?」

「さあ、いつになるかなぁ。おいら、日参できるほどのお大尽《だいじん》じゃねえからなぁ」

「なに、言ってるのよ。吉原の惣籬《そうまがき》にあがるわけじゃあるまいし、うちはたかが四文で遊べるケチな店よ。立派な職人のあんたなら、来ようと思えば毎日でも来られるじゃない」

「毎日行ってたら、仕事する時間がなくなっちまうだろ。忽《たちま》ちおまんまの食いあげだよ」

「だったら、店には来ても、うちにはこなけりゃいいじゃない」

「そうはいかねえや」

「ったく、助平なんだから」

「おめえだって、嫌いじゃねえだろ」

「な、なに言ってんのよ」

「なんだよ、今更恥ずかしがるようなタマかぁ？」

二十歩ほど前を行く若い男女の楽しそうな話し声を、聞くともなしに、重蔵は聞いていた。聞くまいと思っても、いやでも聞こえてしまう距離なのだから、仕方ない。

（昼日中からいちゃつきやがって）

独り身の長い、淋しい中年男としては、つい、やっかみたくもなる。

女は、一瞬花かと見紛《みまご》う藤色の着物の衣紋《えもん》を大きく抜いて、真綿のように白い項《うなじ》を惜しげもなく陽の下に曝《さら》している。蓮《はす》っ葉《ぱ》な物言いといい、或いは堅気《かたぎ》の女ではないのかもしれない。

(だいたい、堅気の女なら、真っ昼間から男にしなだれて人混みを歩いたりはしねぇだろうな)

男のほうは、真新しい白紺《しろこん》の千筋縞《ちすじじま》を着た遊び人風だが、女の言葉が真実ならばどうやら立派な職人であるらしい。

(なんの職人だか、わかったもんじゃねえけどな)

つい、勘繰りたくもなる。昼日中から堅気とは思えぬ女を連れて花見に来るような職人など、どうせろくな者ではあるまい。

「そうだ、青《せい》さん、折角《せっかく》来たんだから、なにか買ってよ」

「え？　なにかって、なんだよ？」

唐突《とうとつ》な女の言葉に、男は戸惑う。

「なんでもいいの。簪《かんざし》でも櫛《くし》でも。……あんたと二人で天神様にお花見に来た思い出に。だめ？」

「そんなたいそうなことかぁ？　天神さんくれぇ、来たけりゃ、いつだって来られるじゃねえか」

「いつだって来られやしないわよ。あんただって、次いつ、店に来られるか、わからないんでしょ？」

「ん、うん……約束はできねえけど」

「だったら、いつでも来られるわけじゃないでしょ。藤の花の季節なんて一年のあいだに、ほんのひと月もないんだから」

「それはそうだけど……」

「あたしは、こうしてあんたとお花見に来られたことが嬉しいの。だから、忘れたくないのよ」

「わかったよ」

少し考えてから、男は遂に肯いた。

女は矢張り堅気ではあるまい。強請《ねだ》り方が巧《うま》すぎる。

「でも、あんまり高ぇもんは無理だぜ」

甘い声音で女に強請られて、困惑しつつも、男は満更でもない様子だった。

大鳥居を出たところの参道には、当然花見客をあてこんでの種々の屋台が、ところ狭しとその両側を埋め尽くしている。

「このあたりで、そんな高いもの売ってるわけないでしょ」

「それもそうだな」

「じゃあ、買ってくれる？」

「ああ、いいよ。なんでも好きなもん選びな。美味《うま》い朝飯のお礼だ」

「なににしようかなぁ」

男が快く承諾したため、女は楽しそうに屋台を物色しはじめた。男はそれを背後から眺めている。蓋《けだ》し、鼻の下を伸ばしていることだろう。

「あ、これ可愛い」

「簪なら、もっといいのを、今度俺が作ってやるよ」

「本当？」

「ああ。だから、なにか別のもんにしとけよ。……櫛はどうだい？」

「なら、いいわ。あんたが作ってくれるの、楽しみにしとくから」

「え？」

「いらない」

「いいのか？」

「いいわ。でも、約束よ。簪、屹度《きっと》作ってよね」

「ああ、作るよ、おめえに似合うやつを」

「じゃ、あたし、このままお店に行くから」

「え、もう行くのかい？」

「ええ。遅れると、旦那がうるさいの。……あんたも、いつでもいいからまた来てね」

「ああ」

「待ってるからね」

女は軽く手を振り、下駄《げた》の歯を高らかに鳴らして駆け出した。振り返った女の顔は意外に化粧が薄く、しかし堅気にしては、その屈託のない笑顔は些か奔放すぎるようにも思える。

（商売女って感じでもないが）

首を捻《ひね》ってしばし考えてから、

「気だてのよさそうな女じゃねえか」

重蔵は、女を見送る男のすぐ背後に立ち、不意に声をかけた。

「え？……うわっ、旦那！」

チラッと顧みて、そこに重蔵の姿を見出した青次《せいじ》は忽ち狼狽え、

「な、なんですよ、いきなり、こんなところで、なにやってんですよ」

狼狽えるあまり、青次はあたり構わず声を荒げる。

「騒ぐな、青次。人が見てるぞ」

重蔵は苦笑した。

彼らの楽しげな話し声を聞くうちに、白紺の千筋縞が青次であることはわかった。青次とは、昨日今日のつきあいではない。本来なら、たとえ後ろ姿でも、見かけた瞬間にそれと察するべきだった。重蔵の知る限り、これまで青次は弁慶縞《べんけい》の着物を好んでいた。それも大抵藍《あい》弁慶だ。見馴れぬその千筋縞の着物のせいもあっただろうが、職人だの簪だのという言葉を聞くまで全く気づかなかった重蔵も迂闊《うかつ》すぎた。

それだけ心が、他所《よそ》に向いていた証拠だろう。

「いいなぁ。いつでも待っててくれる女がいるなんて、羨ましいぞ」

「やめてくださいよ、旦那。そんなんじゃねえんですよ」

「美味い朝飯食わしてくれるんだろ。鰥夫《やもめ》の俺には羨ましいかぎりだよ」

「ああ、もう、ずっと盗み聞きしてたんですかい、いいご趣味ですね」

「ご挨拶だな。誰も聞きたくて聞いてたわけじゃねえ。あれだけ目の前でいちゃつかれちゃあ、いやでも見ちまうし、聞こえちまうだろうが」

「別に、いちゃついてなんかいませんよ」

「喧嘩してるようには、見えなかったがな」

「………」

「どう見ても、しんねこだったぜぇ」

「だ、だから、それは、その――」

「なんにしても、浅からぬ間柄には違いないだろう。いくらなんでも、赤の他人に、美味《うま》い朝飯を食わしてくれる女はいねえだろうからなぁ」

「や、矢場女《やばおんな》ですよ」

矢鱈《やたら》とねちっこい重蔵の言い方に負けて、青次は遂に白状した。蓋《けだ》し、罪を認める科人《とがにん》の心地であったろう。

「馴染みの矢場の女ですよ。昨夜は矢場で遊んで……そのあとで、その……」

歩き出した重蔵のあとを追いながら青次は言い募った。

(なるほどな)

重蔵は内心合点する。

(それで、四文か)

十矢四文は、矢場の相場だが、矢場遊びは、ただ的《まと》を射ることだけではない。矢を射る合間合間に、矢場に雇われた女と酒肴を楽しむこともできるし、ときにはそれ以上のことも。

矢が的に当たる度、

「当たり〜」

と声をあげ、矢を戻すのが矢取り女と呼ばれる矢場女の本来の役目だが、客に請われれば酒の相手もするし、求められれば体も売る。但し、矢場はあくまで健全な遊技場ということになっており、女が春をひさぐ場所ではない。廓の女郎と違って、店《てい》に年季奉公しているわけではない矢取り女には客を選ぶ権利がある。嫌な客なら、体よくあしらって断るし、たとえ二階の座敷にあがっても、最後までなにもさせず、朝まで話をして終わっても、客は文句を言えない。矢取り女は、金を貰えば誰彼かまわず受け入れなければならない売春婦ではないのである。

(そんな自儘《じまま》な女が、自分の家に男を泊めるということは……)

思うと、重蔵は忽ち嬉しくなり、更に言葉を続けずにはいられなかった。

「女の家に泊まったんだろ？」

「…………」

「女が、自分の家に男を泊めて、朝飯まで食わせてくれるってのは、その男に気がある証拠だ。おめえも、それはわかってんだろ？」

「そ、それは、まあ……」

「だったら、ちったあ真面目に考えてやんな。おめえもそろそろいい歳なんだし――」

未だ戸惑い顔の青次を見つめ、しみじみとした口調で言うと、

「余計なお世話だよ」

青次はふて腐れた口調で言い、自ら踵を返してしまった。

「だいたい、ひとのこと言えんのかよ。てめえこそ、いい年のくせしやがって」

重蔵に背を向け、捨て台詞《ぜりふ》のように言い捨てると、一目散に走りだす。

その慌ただしい背中に向かって、重蔵は、あえて声をかけなかった。

青次にとって、重蔵は、父親か、歳の離れた兄のような存在である。なまじ親しいだけに、どうしても隠しておきたいこともある。

女と一緒のところを見られただけでもきまりが悪いのに、そこへくそ真面目な説教などされるのは真っ平だろう。青次の気持ちもよくわかる。

人波を強引にかき分けて走り去る青次の千筋縞の背をぼんやり見送りながら、重蔵の心は少しく和《なご》んでいた。亡き人の愛した花を見に来てよかったと、心から思った。

第二章　老中の刺客

一

「札差《ふださし》の金蔵ですって！　冗談じゃねえや」

喜平次の反応は、だいたい重蔵が予想したとおりのものだった。

「そんなおっかねえところへ、誰が忍び込めるもんですか！　用心棒何人雇ってるか、ご存知ですか？　そこいらの貧乏旗本の屋敷より、警戒厳重だって言われてるんですよ」

甚《はなは》だあきれ顔をしたあとで、だが喜平次は、

「それにしても、わざわざ札差の金蔵に忍び込んで、千両箱一つ、ですか？」

つくづくと重蔵を見つめ返して問うた。

「ああ、千両箱一つだ」

仕方なく、重蔵は応えたが、

「けど、まあ千両ですよね」

喜平次は次第に顔つきを変えてゆく。

「千両かぁ……」

「千両だな」

「すげえな」

重蔵の口から改めてその言葉を聞くと、喜平次はふと目を輝かせる。

「千両箱一つ手に入れりゃあ、一生遊んで暮らせるぜ」

さも嬉しそうに言い、酒を運んできたお京《けい》を仰ぎ見た。

「なあ、お京、千両あったら、一生遊んで暮らせるよなぁ」

「そりゃ、一生遊んで暮らせるでしょうよ」

お京が同意したことで、一層調子づいたのだろう。

「だったら、おいらも、一か八か、やってみるか、なぁ――」

「喜平次ッ」

遂に堪りかね、重蔵は声を荒げた。

「いい加減にしねえかッ」

「そうだよ、あんた、いくらなんでも、悪ふざけがすぎるよ」

「冗談だよ」

お京からも軽く窘《たしな》められ、喜平次は少しく落胆する。

「それに、足洗ってから一体何年経つと思ってんだよ。全盛のときだって難しいってのに、いまの俺が、札差の金蔵なんかに忍び込めるもんかよ」

「おめえには無理でも、他にできる奴はいるんじゃやねえか？」

お京の酌《しゃく》をうけつつ、なるべく感情のこもらぬ口調で重蔵は問うた。そのことで、喜平次の職人魂をあまり刺激したくはなかったのだ。

「ええ、どうせ俺には無理ですよ」

案の定、その言葉に気を悪くした喜平次は不貞腐《ふてくさ》れた顔を背《そむ》けると、お京の手から無言で徳利をひったくる。手酌で注いで何杯か呷《あお》る喜平次の、拗《す》ねた子供のような横顔を見つめながら、

(男ってホントに馬鹿だね。つまんないことに、むきになっちゃって)

お京は内心嗤《わら》っている。

「だから、他にできそうな奴を知らねえか、って訊いてるんだよ」

不貞腐れた喜平次をこれ以上刺激したくはないのだが、重蔵はどうしても、それを聞き出さないわけにはいかない。

「知るわけないでしょう」

だが喜平次は拗ねた子供のように頑《かたく》なだ。

「おいら程度のケチな盗っ人が、札差の金蔵を襲えるような凄腕の盗っ人のことなんぞ、知るわけがありませんや」

「なあ、喜平次――」

重蔵が言いかけるところへ、

「ちょっと、あんた、いい加減におしよッ」

それを押し退け、お京が不意に声を荒げる。

「いつまでも、子供みたいに、みっともないね」

「な、なんだよ、急に――」

「旦那は別に、あんたの盗っ人の腕を貶《けな》したわけじゃないだろう。それなのに、子供みたいに拗ねちゃって、みっともない」

「別に、拗ねてなんかいねえよ」

「じゃあ、なんで、旦那のお訊ねに答えないのさ」

「そ、それは……」

お京の剣幕に、喜平次は容易《たやす》く狼狽《うろた》えるが、重蔵としては、

(お京の奴、余計なことを——)

二人のやりとりを、内心苦々しく思っている。

お京に対して、かつて重蔵は微妙な思いを抱いたことがある。お京のほうも、おそらく同様だ。二人の間には結局何事もなかったが、いまはお京と一緒に暮らしているくせに、喜平次はいつまでもそのことを忘れようとしない。

謂《い》わば、三人の関係は極めて微妙な均衡の上に成り立っている。

(だから、ここへ来るのはいやなんだよ)

重蔵とて、今更この歳で、面倒な修羅場《しゅらば》などご免だ。

「喜平次に話があるときは、いつでもうちに来てください」

というお京の言葉につい甘えてしまうのは、この家が、人目につかない路地奥にあるという隠れ家的立地条件故にほかならないが、心の何処かでお京に会えることを愉しみにしているかもしれない自分がいることを、否定しきれない。

それ故お京には、重蔵と喜平次のやりとりに割り込んで欲しくないのだ。

そんな重蔵の心中を知ってか知らずか、

「それとも、あんた、まさか、まだ旦那とあたしの仲を勘繰ってるんじゃないでしょうね」

お京はとうとう、言ってはいけないことを口にしてしまった。

(万事休す――)

重蔵が絶望したその瞬間、

「ふはははは――ッ」

予想に反して、喜平次が弾けるような哄笑《こうしょう》を放った。

「こいつはいいや」

「………」

「残念だなぁ、お京」

呆気にとられるお京(と重蔵)を、喜平次は余裕で嗤《わら》う。予想外の彼の反応に、当然お京は狼狽えた。

「な、なによ」

「馬鹿だよ、おめえは」

「………」

「もし仮に、おめえと旦那のあいだになにかあったとしても、そんなこと、俺が本当に気にしてると思うか？」

「現に、気にしてるじゃないか」

「気にしてる男が、こうしておめえと暮らせるわけがねえだろうが。男を見くびるのも大概にしやがれッ」

「…………」

喜平次に一喝されて、珍しくお京のほうが言葉を失い、重蔵も同様に失っていた。

「あ、あんた……」

「いつまでもいつまでも、同じネタ持ち出して、勝ち誇った面《つら》してんじゃねえよ」

「別に勝ち誇ってなんか……」

「深川一の芸者《染吉《そめきち》》を情婦《いろ》にしたときから、こっちは腹括《くく》ってんだよ。他の男から言い寄られもしねえ女なんざ、こっちから願い下げだね」

「な、なんでそんなこと言うのよ」

「惚れてるからに決まってるだろ」

「…………」

お京がいまにも泣きそうな目で喜平次を見つめていたとき、

（なんでいま、俺の目の前でそういうことを言うんだよ）

重蔵もまた、泣きたくなった。

もしいまこの場に重蔵がいなければ、お京は迷わず喜平次の胸に身を投げていただろうし、喜平次も迷わずお京を抱きしめていたことだろう。

（地獄じゃねえかよ）

悲鳴をあげたくなるのを間際で堪《こら》え、重蔵はやおら腰を上げた。

「旦那？」

「どちらへ？」

熱い視線を交わし合いながら、喜平次とお京が同時に問うてくる。

「厠《かわや》だよ」

仕方なく重蔵は答え、そのまま黙って座敷を出た。できれば、戻ってくるまでに、元の雰囲気に戻っていてほしい、と願いながら。

「そんな芸当ができるとすりゃあ、さしずめ、《霞小僧《かすみこぞう》》ですかねぇ」

酔いも手伝って上機嫌の喜平次は、軽く鼻先で笑いながら言う。なにがそんなに楽しいのかと問いたくなるほど、嬉しそうな顔つきだ。日頃強面《こわもて》の喜平次をそこまでだらしなく喜ばせているのは、間違いなく、酒の酔いだけではない筈だった。

「《霞小僧》？」

「盗っ人仲間のあいだでも、ただの噂話みてえに言われてるんですけどね。旦那も、名前くれえは聞いたことあるんじゃないですか？」

「いや、聞いたことはないが」

「そうですか？　《霞小僧》は伝説の盗っ人なんですがね」

「………」

「気配もさせず獲物に近づいて盗み取り、それこそ雲か霞みてえに消えちまう。それで、ついたあだ名が《霞小僧》ですよ」

「おめえと同じじゃねえか」

苦笑を堪えつつ、重蔵は言う。

「気配もさせずにお宝を奪い、風の如くに去る、《旋毛》の喜平次の手口、そのまんまじゃねえか」

「はは…おいらなんか、全然……《霞小僧》の足下《あしもと》にも及びませんや」

「馬鹿、褒めちゃいねえよ」

喜平次の上機嫌と裏腹に、重蔵は再び渋い顔をした。喜平次の得意気な顔を見ているだけで、無性に腹が立ってくる。

「で、その《霞小僧》とやらなら、札差の金蔵に忍び込んで千両箱を盗めるってんだな」

「札差どころか、千代田のお城の本丸に忍び込んで、上様の巾着《きんちゃく》を盗んだって噂もあるんですぜ、《霞小僧》には。……けど、上様は巾着なんてお持ちになってるんですかい」

「喜平次ッ」

重蔵はとうとう堪えきれず、声を荒げて喜平次を睨んだ。

「俺は真面目に聞いてるんだぜ」

「なんですよ、怖い顔して。おいらだって真面目に話してるじゃねえですか」

重蔵の怒りの意味がわからぬらしく、喜平次は困惑した。どうせ、怒りっぽいのは年のせいとでも思っているのだろう。そう思うとまた一層腹が立つ。

「じゃあ、おめえは、その伝説の《霞小僧》とやらに、会ったことがあるのか？」

だが、怒りを堪えた静かな声音で問い返す。

「あるわけないでしょう」

「そうだろうなぁ」

「どういう意味ですよ」

「そもそも、そんな盗っ人は、存在しねえからだよ。江戸城の本丸に盗みに入って、上様の巾着を掠める《霞小僧》なんて盗賊はなぁ」

「いますよ、《霞小僧》は」

「証拠はあるのか？」

「え？」

「《霞小僧》が実際に存在するという証拠だ」

「証拠がねえと、信じねえんですか」

「当たり前だ。信じられるわけがねえだろ」

「そりゃ、千代田のお城の話は眉唾《まゆつば》かもしれませんがね、《霞小僧》は本当にいるんですよ。旦那は火盗にもいたってのに、そんなこともご存知ねえんですかい」

本気なのか意地になっているのかわからぬが、すっかり酔いの醒《さ》めた顔になって喜平次は言い返し、その語気の強さに閉口して、重蔵は仕方なく口を噤《つぐ》む。

隣室からは、ゆるゆると三味線《しゃみせん》の音が聞こえている。「お前が口を挟むとややこしくなるから」と重蔵に言われたので、無聊《ぶりょう》を託《かこ》ったお京が手遊びに奏でているのだ。

それも、二人の話の邪魔にならぬようにと慮《おもんぱか》ってか、平素常磐津《ときわず》の指南に用いる中棹《ちゅうざお》ではなく、より音の細い、長唄等に用いる細棹《ほそざお》三味線を緩《ゆる》く奏でていた。

（よく気のつく女だなぁ）

重蔵はつくづく感心する。

喜平次も同様に感心したのだろう。

その音色に耳を傾けて、二人とも、しばし口を閉ざしていた。音曲には、人の心を和ます作用がある。

そのまま気まずい沈黙にならずにすんだのは、お京の三味線のおかげであろう。

「その、《霞小僧》ってのはつまり、屋号みてえなもんなんですよ」

しばしの沈黙の後、先に口を開いたのは喜平次のほうだった。さすがに調子に乗りすぎたと反省したのだろう。

「屋号？」

「ええ」

「つまり、《霞小僧》は一人じゃねえってことか？」

「ええ、一人じゃねえし、代替わりもしてるはずです」

「…………」

「《霞小僧》の最初の仕事は、文化《ぶんか》の頃とも文政《ぶんせい》の頃とも言われてます。……本当のところは、誰にもわかりません。けど、《霞小僧》は本当にいるんですよ。この十年ほどは、江戸で噂を聞いていませんがね」

「普通の盗賊一味となにが違う？」

「たぶん、お頭《かしら》がいません」

「どういうことだ？」

「お頭も手下《てか》もなく、全員が、《霞小僧》なんですよ」

「ふむ」

重蔵は考え込んだ。喜平次の言うことが、全く理解できぬわけではない。伝説の盗賊《霞小僧》。一人のお頭を持たず、一味の全員が、皆、平等に《霞小僧》の役目を担《にな》う。喜平次が言いたいのは、そういうことだろう。

そして、一味の全員が、それこそ《霞小僧》と呼ばれるに相応《ふさわ》しい盗みの技量を有しているなら、確かに、不可能と思われる盗みでも、易々《やすやす》と可能にしてしまうのかもしれなかった。

だが、よくわからないのは、彼らの結びつきだ。不可能な盗みを可能にするには、一枚岩の結束が必要だ。一寸《ちょっと》でも呼吸が合わねば段取りが狂い、計画は失敗する。一人のお頭の下に有能な部下が揃った一味であるほうが、犯行は容易いだろう。一味を統《す》べる頭を持たず、おそらく上下関係もない者たちが、一体なにを以《もっ》て固く結びつくことが可能なのか。

武家に生まれ、常に厳しい上下関係と組織の規律の中で生きてきた重蔵には、想像するのも難しそうだった。

二

いつもながら、堂内に溢れかえる熱気は異様なほどで、若干の狂気を孕《はら》んでいる。

「丁《ちょう》」

「半《はん》」

「丁」

「半」

と、賽《さい》の目を予想し合う声に混じって、

「じゃあ、あの三軒《さんげん》町の殺しはてめえの仕業《しわざ》かよ？」

「殺《や》るしかねえだろ、面を見られちまったんだから」

「どうすんだよ、もう町方に目ぇつけられてんじゃねえのか？」

「今夜中にここで金を作って、上方《かみがた》へでもずらかるよ」

物騒な話し声が聞こえてくる。聞くともなしに、喜平次は聞いている。

賭場《とば》は、いってみれば喜平次にとって表の稼ぎ場だ。十七、八の頃から出入りしているので、いまや己の住み処《すみか》も同然である。

そんな喜平次にとってすら、ここは特別な場所だ。余程の用がなければ、こんなところへは来ない。

その荒れ寺の中に漂う空気は、日頃喜平次が生業《なりわい》のために出入りする他の賭場とは、あきらかに一線を画していた。

（いつ来ても、いやな空気だぜ）

強面の喜平次でも、その中に入るとごく普通——下手《へた》をすれば善人に見えてしまう程、堂内は人相の悪い者たちで溢れている。

確かに、賭場に出入りするような者にろくな人間はいないが、これが普通の賭場なら、多少は素人衆《しろうとしゅう》も出入りしているものだ。大店の若旦那や旗本の次男坊三男坊など、金と暇を持て余したろくでなし予備軍を、胴元たる地回りの者が、カモにする目的で誘い込むのだ。

ところが、この賭場にはそういう素人衆の姿が全く見られない。

肌脱ぎで壺を振っている男の腕から背中にかけて、見事な愛染明王《あいぜんみょうおう》の刺青《いれずみ》がはいっているのは勿論、ギラついた目つきで盆茣蓙《ぼんござ》を囲んだ男たちも皆、確実に人の二、三人は殺している面構えだ。

それもその筈、彼らはその殆どが兇状持ちで、実際に人を殺した者もいる。仮に殺しはまだでも、盗みはもとより、強請《ゆす》りたかりから、拐《かどわ》かしに陵辱《りょうじょく》と、およそ悪事と名のつくものなら、あらゆる悪事に手を染めてきたような連中ばかりである。

いってみれば、悪の巣窟。江戸中の極悪人が集まる場所だといっても、過言ではなかった。

（こっちの腑《はらわた》まで腐りそうだぜ）

男たちの発する熱気は異臭となって堂内にたちこめている。壺振りの背中に描かれた凛々しい愛染明王をぼんやり見つめながら、ただ周囲の話し声に耳を傾けていると、

「誰かと思えば、喜平次じゃねえか」

不意に肩を叩かれ、喜平次は驚いた。

振り向くと、ニヤニヤしながら笑いかけてきたのは、喜平次よりもいくつか年上――四十がらみで、左頬に一筋、五寸あまりの派手な刀創《かたなきず》をもつ男だ。凄まじい疵《きず》痕《あと》に相応《ふさわ》しく、幼子や気の弱い者なら、向かい合っているだけで泣き出してしまいそうな怖ろしい面構えをしている。

（よりによって、一番いやな野郎に会っちまったな）

喜平次は内心うんざりするが、それはおくびにもださず、

「これは、猪之吉《いのきち》さん」

満面の笑顔で応えた。

「随分とご無沙汰だったじゃねえか。もしかして、江戸を離れてたのか？」

「ええ、まあ。火盗《かとう》の詮議が厳しかったもんで……」

「どこに行ってたんだ？」

「ちょいと上方《かみがた》のほうに」

「そうかい、そりゃあ大変だったな」

「兄貴はずっと、江戸で稼いでたんですかい？」

「まあな。火盗が厳しくて、たいした稼ぎはしてねえけどよ」

疵《きず》があるほうの頰を歪めて猪之吉は笑うが、喜平次でさえ内心ゾッとするような笑顔である。どう見ても人殺しの顔だが、元々の生業《なりわい》は、喜平次と同じく盗賊であった。

その名のとおり、猪《いのしし》のように獰猛《どうもう》な性格の男で、仮に二十歳くらいからこの稼業に入ったとすれば、少なく見積もっても、二、三十人は殺しているだろう。

長らく、《燕《つばめ》》の虎二郎《とらじろう》という頭の下で小頭《こがしら》的な役割を務めてきたが、頭の虎二郎

が老齢を理由に頭を退く際、後継者として指名されなかった。

《燕》の虎二郎は、後継者を指名せず、指名せぬまま、生まれ故郷の越後に隠遁しようとしたところを、火盗によってお縄となった、と言われている。その後小塚原《こづかっぱら》で獄門首《ごくもんくび》になった、というのが世間の噂だが、実は虎二郎は死んでいない。何を隠そう火盗の密偵になったということを、重蔵から聞かされて喜平次は知っていた。

一味の頭であった頃の虎二郎には、勿論喜平次は面識がある。大店《おおだな》の主人然とした風格の持ち主で、卑怯な行いや無用の殺生《せっしょう》を極度に嫌う、昔気質《かたぎ》の盗っ人であった。故に、虎二郎に請われて、喜平次は何度か一味の仕事に同行し、土蔵の鍵を開けた。家人から鍵を奪わず蔵を開けられれば、無用の殺生をおこなわずにすむからだ。

そんな虎二郎だからこそ、猪之吉を後継者に指名しなかった。

虎二郎は知っていたのだ。猪之吉の残虐な性質も、もし猪之吉に頭を継がせれば、一味が、盗賊ではなく、押し込み強盗と化してしまうであろうことも、容易に想像できたのだろう。

頭を失った《燕》の一味は四散し、猪之吉は、さまざまな頭の下を転々としながら、いまにいたっている。粗暴な性格故に人から懐《なつ》かれず、時折荒っぽい連中を集めては非道な押し込みを繰り返しているらしい。

一家皆殺しのような凶行を重ねながら、未だお縄にならずにすんでいるのは、余程悪運が強いのと、一度一緒に押し込みをした者たちとは二度と組まないという、意外な用心深さの故だろう。

(こんな野郎こそ、真っ先にお縄にしなけりゃ、十手者《じってもの》とはいえませんぜ、旦那)

喜平次は内心肩を竦《すく》める思いだ。

喜平次を見て声をかけてきたのも、大方なにか魂胆《こんたん》があってのことだろう。だから喜平次は、

「ところで、猪之さん――」

ふと声を落とし、猪之吉の耳許近くへ口を寄せて囁いた。

「近頃、妙な話を聞いたんですがね」

「なんだい?」

「札差の、伊勢屋と板倉屋の件ですよ」

「………」

喜平次の言葉にあきらかに反応しながらも、すぐに返事をしなかったのは、なにか知っている証拠である。いやな相手だが、この稼業が長いだけに、猪之吉はなんでもよく知っている。

（こういう野郎は巧く使わせてもらわねえとな）

「おめえ、なんでそんなこと、知りてえんだよ」

「警戒厳重な札差の金蔵から千両箱を持ち出すなんて真似ができるのは、《奴ら》くらいのもんでしょう。違いますか？」

「知らねえよ」

猪之吉は不機嫌そうにそっぽを向いた。

「奴らのことなんざ、俺は知らねえ」

「そうですかい」

喜平次もそれ以上、執拗に問おうとはしなかった。粗暴で凶悪な男だが、罪を重ねながらも今日まで生き延びてきたのは独特の嗅覚《きゅうかく》を持ち合わせているからだ。こういう男には、妙な疑念を抱かせないほうがいい。

「知らねえがしかし――」

誰か別の者と話をしようと、行きかける喜平次を、猪之吉がすかさず引き留めた。

「おめえも同じ稼ぎをしてえってんなら、話にのるぜ、喜平次」

「え？」

「札差の金蔵から千両箱をいただく、ってのは、なかなか面白そうな計画じゃねえか」

「お、おいら一人じゃ無理ですよ」

「無理なことがあるかよ、《旋毛》の喜平次。それに、おめえさえその気なら、手伝ってくれる『奴ら』はいるさ」

「…………」

「俺が口を利《き》いてやってもいい。勿論、相応の礼はしてもらうがな」

言いざま、ニヤリと笑った猪之吉の顔に、喜平次は心底寒気がした。

悪党の顔など見慣れている筈の喜平次が、その笑い顔には底知れぬ不気味さを感じた。否、危険を感じた、と言ったほうがいいかもしれない。

「兄貴が、『奴ら』とのあいだに立ってくれるんですか?」

だから喜平次は、猪之吉のその不気味な笑顔を真顔で見返した。畏《おそ》れや不安を気取られぬよう、細心の注意を払いながら。

『奴ら』とのあいだを取り持ってくれるという猪之吉の話は半信半疑ながらも、喜平次は彼について行った。

(大方、この俺に外道《げどう》な押し込みの手伝いをさせようって腹だろう)

と見当はついたが、喜平次は敢《あ》えて乗ることにした。

仮に、《奴ら》の件が眉唾だとしても、猪之吉のヤサを突きとめて、重蔵に捕縛させようと考えたのだ。人の命を屁《へ》とも思わぬ極悪人は、一日も早くお縄になり、獄門台にその首を曝したほうがいい。そうすれば、罪もない者がその兇刃に斃《たお》れることもなくなる。重蔵だって、一人でも多くの悪人を捕縛し、獄門台に送りたいはずだ。

（それにしても、一体何処まで行きやがるんだ）

一人がやっと通れるほどの細い路地を、猪之吉は先に立ち、どんどん奥へと進んで行く。

（こんなところで、もし背後から襲われたりしたら、ひとたまりもねえぞ）

漸《ようや》くそのことに思い至ったとき、喜平次は背後から響いてくる複数の足音に気づいた。

（しまった、罠か！）

懐《ふところ》の匕首《あいくち》を摑んで密かに身構えつつも、

「本当に、この先に『奴ら』がいるんですかい、猪之吉さん？」

一応念を押してみる。

「さあなぁ」

案の定、足を止めた猪之吉の口調は白々《しらじら》しい。

「奉行所のイヌを連れてったりしたら、『奴ら』がなんて言うかなぁ」

「…………」

「え、そうなんだろ、《旋毛》の喜平次？　でなきゃあ、一度は火盗にお縄ンなったはずのてめえが、でけえ面して江戸をうろついてるわけがねえ」

「ど、どうしてそれを――」

「俺が何年この稼業やってると思ってんだ。見くびるんじゃねえよ」

「ちッ」

「裏切り者がどうなるかくれえは、わかってるよなぁ、喜平次」

「俺は元々一人働きの盗っ人だ。誰も裏切っちゃいねえ」

「ガキじゃあるめえし、そんな屁理屈《へりくつ》がとおるとでも思ってやがるのか」

「思ってねえよ」

言いざま喜平次は、踵《きびす》を返し、返すと同時に地を蹴って、背後に迫る者に体当たりした。

ドガッ、

「ぎゃ」

当たる際、当然喜平次は懐の匕首を抜き、相手の脇を鋭く突いている。同じ瞬間、相手の手にした刃の切っ尖も、喜平次の左肩を微《かす》かに掠《かす》めた。

（くそッ）

もとより、薄皮一枚傷つけるほどの傷み、物の数ではない。相手が蹲《うずくま》って低く呻くのを待たずにそいつの背を踏みしだいて元来た道を一途《いちず》に戻る。

が、背後から忍び寄っていたのは一人ではない。喜平次の行く手には、すぐ次の刃が待ち受けている。

「逃がすんじゃねえぞ。そいつの体を真っ二つに裂いて、奉行所と火盗の両方に放り込んでやるんだからよう」

楽しげな猪之吉の声音《こわね》が、狭い路地に響き渡った。

あきらかに、ベロリと舌なめずりしている口調である。喜平次は正直ゾッとした。残虐なことが大好きな猪之吉ならばやりかねない。いくら死んだあとでも、自分の体が真っ二つに裂かれるなど真っ平だ。

（そんなおいらの姿を見たら、お京のやつ、それこそ気が触れちまうぜ）

心中激しく舌打ちしつつ、喜平次は注意深く相手を窺った。二度の不意打ちは通用しない。だが、ぐずぐずしていては、今度は猪之吉とその行く手に潜んでいたであろう仲間が、喜平次の背後を襲うことになる。

「退《ど》けッ」

低く怒鳴りつつ、喜平次は匕首を突き出した。相手は余裕でそれを避けるが、喜平次の目的は、その一撃で彼の命を奪うことではない。

平素から命のやりとりをすることに慣れた者は、そのとき無意識に己の急所を庇《かば》う。そいつも、身を避けつつ咄嗟《とっさ》に、己の右胸あたりを庇った。喜平次の狙いはそこにある。己を庇って少しく身を縮めた男の隙を見逃さず、遮二無二《しゃにむに》突進する。

「がぁッ」

喜平次の体は相手を弾き、匕首が、そいつの脾腹《ひばら》を浅く抉《えぐ》った。殺すつもりはない。否、寧《むし》ろ殺したくはないのだ。脾腹を刺された男は、その場に尻餅をつき、喜平次は易々《やすやす》と彼の頭上を飛び越えた。だが——。

「チッ」

猪之吉の激しい舌打ちがすぐそこまで迫っていた。

「なにやってんだ、てめえらッ」

言い放ちざま、自ら攻撃を仕掛けてきた。

傷ついた仲間の体を、平然と踏み越えたのだ。

「この野郎を逃がしちゃ、なんにもならねえだろうがぁッ」

迫り寄る猪之吉の右手が大きく伸べられる。その手には、言うまでもなく、闇を切り裂く刃が握られている。

ぐうぉッ……

喜平次の左脇を、切っ尖が容赦なく襲い、焼けつくような痛みを、そのとき喜平次は覚えた。

(痛ぇ……)

前に立ちふさがる男を強引に押し退け前へと踏み出すとき、目眩《めまい》がした。

だが、かまわず喜平次は足を速めた。痛いからといって、こんなところで立ち止まっている場合ではない。早く……一刻も早く、お京の許へ戻らねば――。

その強い思いが、喜平次を走らせた。

「野郎ッ、待ちやがれッ」

猪之吉が真っ赤な口腔の奥まで曝して喚《わめ》いた、その刹那《せつな》――。

ぴぃいいい〜ッ、
甲高《かんだか》く切れのよい笛の音が、路地の表から不意に発せられた。次いで、

「人殺しだぁ〜ッ」

と叫ぶ男の声。捕り方が、犯罪者を見つけたときの呼子笛《よぶこぶえ》と、同心か目明かしかはわからぬが、御用にたずさわる者が発する声音に相違なかった。

「や、やべえ」

「ちッ、町方か」

「ずらかるぞ」

誰よりも先ず、真っ先に口走りざま、猪之吉は呼子笛の鳴ったほうとは逆の路地奥へと一目散《いちもくさん》に走り出した。喜平次に倒された二人の他、行く手で待ち伏せていた者たちも皆、喜平次をやり過ごし、猪之吉のあとに続いて逃げ出した。

(助かった……)

なんとか自力で路地の入口まで戻ったところで、喜平次は力尽き、その場に座り込んだ。刺された脇からは、見る見る血が溢れだしている。

「兄貴」

朦朧《もうろう》とする意識の中で、頭上に立つ人の気配を察して喜平次は顔をあげた。

(誰だ？)

「喜平次兄貴？」

もう一度囁くように耳朶《じだ》に忍び入ってきたその男の声音には些か聞き覚えがあった。

「お、おめえは……青次？」

「ええ、青次ですよ。大丈夫ですか？」

心配そうに覗き込む顔が、本気で自分を案じていることに、喜平次は内心苛立《いらだ》った。

（大丈夫なわけがねえだろう。見てわかんねえのか）

傷口を押さえながら、喜平次は心中激しく毒づいた。よりによって、こいつに助けられるなどということは、仮に命が助かったとしても、甚だ不本意なことであった。

一度は、自ら彼に助けを求めたこともあった喜平次だが、未だに、なんとなく青次のことが気にくわない。二親《ふたおや》を亡くして浮浪児となり、《野ざらし》の九兵衛《きゅうべえ》という大盗賊の頭に拾われ、一味の中で育ちながらも、生まれ持った素直な性質を損なうことなく成長した。親の顔も知らずに育ち、誰からも手を差し伸べられることなく生きてきた喜平次とは、同じ裏稼業あがりでも、悪へののめり込み方が違う。盗賊一味の中枢にいながら、一度も盗みには関わらなかったおかげで、いまは立派に堅気《かたぎ》の錺《かざり》職人として暮らしている。

そんな風に、なんとなく恵まれた感じが、あまり恵まれていたとは思われぬ喜平次を、必要以上に苛立たせるのだろう。

一見、育ちがよさそうにも見える青次の童顔を、喜平次は苦しげに振り仰ぐ。

「おめえ、なんで、ここに？」

「兄貴が、とびきり人相の悪い奴と連《つる》んで行くのを見かけたんで、尾行《つ》けてきたんですよ」

「こんな時刻に、なにしてたんだ？」

「なにって、そりゃあ、まあ……」

矢場遊びのあと、馴染みの矢取り女とよろしくやろうと思って、とは言えず、青次は曖昧に口ごもった。しかし喜平次も、それ以上追及しようとは思わない。そんな余裕は全くなかった。

「呼子の音がしてたようだが」

「ああ、これですよ」

と青次が差し出して見せたのは、正真正銘、十手をあずかる目明かしやその手先たちが捕り物の際に用いる呼子笛に間違いなかった。

「どうしたんだ、それ？」

「いただいておいたんですよ、どっかの岡っ引きから」

「そんなもの、なんのために？」

「いつか、なにかの役に立つと思って。……役に立ったでしょ」

「……」

「それより、大丈夫ですか、兄貴？」

「大丈夫だよ」

言いざま、青次の手は借りず、喜平次はゆっくりと立ち上がった。

「おめえの家、ここから近いのか？」

「え？」

「おめえんちはこの近くなのかって聞いてるんだよ」

「あ、まあ、そんな遠くはないですが……」

「だったら、連れてけ――」

つい横柄《おうへい》な口調で言いかけたが、

「連れてってくれよ」

すぐに悲しい掠《かす》れ声で、喜平次は懇願した。痛みで、さすがに心細くなってきたのだ。

「連れてくって、兄貴を、おいらの家にですか？」

「他に何処に行くってんだよ」

本当は底低い声音で恫喝《どうかつ》したいところだが、残念ながら、いまは痛みで、腹に力が入らない。喜平次は焦った。

「早く手当てしねえと――」

「手当て？」

「見りゃわかるだろ。刺されちまったんだから」

「じゃあ、医者に行きましょうよ」

「こんな時刻に、見てくれる医者がいるもんか。それに、一体なんて説明するんだよ。刃物で刺された男が真夜中に担ぎ込まれたら、番屋にたれ込まれちまうだろうが」

「兄貴だったら、たれ込んだりしない闇医者の一人や二人、知ってるんじゃねえんですか？」

「知らねえよ」

「でも、おいら、傷の手当てなんかできませんよ」

「おめえに手当てしてくれなんて頼んでねえよ。酒とサラシで、血止めできればいいんだよ」

「だからなんで、おいらの家で？　兄貴の家だって、ここからそんなに遠くはねえでしょうよ」

「見せたくねえんだよ」

怖いほど真剣な喜平次の顔をしばし見返してから、

「なにをです？」

間抜けた顔で、青次は問い返した。

「だから、女には、見せたかねえだろ、こんな姿」

察しの悪い青次に業《ごう》を煮やし、やや声を荒げて喜平次は言った。荒げれば忽ち、傷にひびいて、痛みが増す。

「惚れた女に、てめえのみっともねえとこ見せたいと思うのか、てめえは？」

「なるほど」

青次は漸く納得した。

「お京さん、別嬪《べっぴん》ですもんね」

「てめえ、なんで知ってんだよ」

「見かけたんですよ。去年の歳の市のとき、仲良く観音様の境内を歩いてたでしょ」

「そんなの、ほんの一瞬だろう。ひとの女、なに、ジロジロ見てやがんだよ」

「ジロジロなんて見てませんよ」

「ジロジロ見なきゃ、別嬪かどうかわかるわけねえだろ」

「チラッと見ればわかるでしょ。別嬪は別嬪だし、不細工は不細工ですよ。別にジロジロ見なくたって、一目瞭然ですよ」

喜平次のしつこさに内心辟易《へきえき》しながら、青次は応え、

「とにかく、うちに行きましょう。早く血止めしねえと――」

遂に自ら、喜平次を促した。

彼の左脇腹から夥《おびただ》しく滴《したた》った血が路上に溜まりはじめたことに、青次もさすがに気がついたのだった。

三

「大丈夫か、喜平次？」

翌日重蔵が青次の長屋を訪れたのは、翌朝早々青次の知らせをうけたからにほかならない。

喜平次は、昨夜どうにか辿り着いた青次の部屋で焼酎と真新しい白布を用意してもらうと、土間で傷口を洗い、自らの手で傷口をきつく縛って血止めをしたが、そこまでで力尽きた。

気を失うようにその場に頽《くずお》れ、あとはウンともスンとも言わなくなった喜平次を、

青次は仕方なく運び入れ、夜具に寝かせた。狭い割長屋の男所帯だ。夜具は当然ひと組しかない。夜具なしでも寝られぬことはないが、さすがに寝付かれず、青次は朝まで仕事をした。

詳しいことはなにも聞いていないが、既に足を洗って重蔵の密偵をしている喜平次が、破落戸《ごろつき》のような男に刺されたのは、他でもない重蔵がなにか命じて、その探索をおこなっていたからにほかなるまい。故に青次は、事の次第を重蔵に知らせた。知らせることで、状況が少しでも好転してくれることを密かに願っていた。

このままでは、喜平次に、何日もこの部屋に居座られてしまう。隣近所の目もあるし、できれば避けたい事態であった。

「何処《どこ》行ってたんだ？」

明六ツ前に出かけ、実際仕上げた簪《かんざし》を店に届けてから辰《たつ》の上刻過ぎに戻った青次を、怖い顔で喜平次は出迎えた。夜具の上に半身を起こした状態だが、傷ついていても、強面の迫力は充分だった。

「簪を、お店《たな》に届けてきたんですよ」

さあらぬ体《てい》で応えながら、青次には矢張り、喜平次の傷の具合が気になった。出血の故か、明るいところで見る喜平次の顔はかなり青ざめている。

「大丈夫ですか、兄貴？」

「なにが？」

「傷の具合ですよ。痛みますか？」

「そりゃあ、痛ぇよ」

「やっぱり、医者に診てもらったほうが……」

言いかけて、喜平次の仏頂面《ぶっちょうづら》の理由は空腹のせいもあるのかと思い当たり、

「すぐ朝飯作りますから。……ろくなもんはねえんですけどね」

明るく言って、へっついの前に立とうとしたとき、

「いいよ」

素っ気なく言い、喜平次は夜具の上に身を横たえた。矢張り、痛みがつらいのだろう。

「よくはないでしょう。いつまでも空きっ腹でいたら、よくなるもんも、なりませんや」

「空きっ腹じゃねえんだよ」

「え？」

「さっき、ここの大家とかいう年増女が、青さんに食べてもらおうと思って作ってき

た朝飯を、馳走になったんだよ。悪かったな、おめえの朝飯、食っちまって」

「え、来たんですか、お民《たみ》さんが――」

聞くなり、青次は青ざめた。

この長屋に住みはじめて数ヶ月。

先月の末に、大家の徳次郎《とくじろう》が卒中で死んだ。後家のお民は、徳次郎とはひとまわりも歳が離れているが、それでも、三十過ぎの大年増である。容姿はともかく、女盛りの色香は凄まじい。「あんたのために作ったんだよ」という恩着せがましい台詞《せりふ》とともに、湯気のたつ温かい朝食を持ち込まれると、正直青次は困惑した。お民の食事で腹が満たされたあとで、自分がどうなるか、自信がなかった。

お民は昨日、はじめて青次に食事を運んできた。困惑した青次は用事があると言い、そそくさと長屋をあとにした。まさか、続けて訪れるとは思わなかった。

だが。

「ああ、来たよ。……おめえ毎朝、あんなに豪勢な朝飯ご馳走になってんのか？」

「なってませんよ。あんなもん食べたら、末代までたたられます」

「確かにな」

「兄貴は食べたんですか？」

「ああ、腹が減ってたからな。美味《うま》かったよ」

事も無げに喜平次は言い、そのまま再び寝入ってしまった。傷のせいか、朝飯を食べて腹がいっぱいになったせいかはわからない。

「兄貴？」

呼びかけたが、返事はなかった。

たとえ深手を負っていなくとも、喜平次ならば、お民の色香に迷うことはないだろう。ただ、食事を饗されれば有り難くいただく。それだけのことだ。迷いのない喜平次の寝顔が、青次には羨ましかった。

喜平次はそのまま昏々《こんこん》と眠り続け、重蔵が訪れる暮六ツ前までとうとう一度も目を覚まさなかった。

(大丈夫なのかよ)

まさか、このままずっと目を覚まさないのではあるまいか、と青次が不安がるうちにもときが過ぎた。

漸く重蔵が訪れたときには、嬉しさで、思わず笑顔が溢れてしまった。

「旦那！」

「てめえが呼んだのか、青次」

眠っているとばかり思われた喜平次から、静かな怒りを湛《たた》えた言葉が不意に発せられ、青次は肝を冷やしたが、

「刺されたにしちゃあ、元気そうじゃねえか」

いつもと変わらぬ調子の重蔵の言葉が、青次の不安と恐れを瞬時に消し去ってくれた。

(旦那が来てくれたからは、大丈夫)

見馴れた重蔵の顔、聞き慣れたその声が、青次には慈父の如くにも思えていた。

「『奴ら』が江戸にいるのは間違いないと思います」

差し入れの鰻《うなぎ》に箸をつけながら、確信に満ちた口調で喜平次は言った。

「何故わかる？」

「伊勢屋と板倉屋の件を口にした途端、猪之吉の顔色が変わったからですよ。猪之吉が『奴ら』と繋がってるとは思えませんが、噂は耳に入ってるんでしょう。なにしろ、事情通ですからね」

「その猪之吉って奴は――」

「そうだ、猪之吉の野郎を、一刻も早く、お縄にするなり、ぶっ殺すなりしてくださ

いよ、旦那。あんなの野放しにしてたら、善良な人間が何人犠牲になるかわかったもんじゃねえですからね」

言いかける重蔵の言葉を遮《さえぎ》り、勢い込んで喜平次は言う。

「それに、あんな野郎に正体知られてるかと思ったら、おちおち寝てもいられませんや」

「わかってる。猪之吉の人相書きは火盗にもまわした。おめえの教えてくれた荒れ寺のあたりも張らせるよ」

「言っときますけど、お縄にするのは猪之吉だけですからね。間違っても、あの賭場に踏み込んだりしないでくださいよ」

喜平次は強く念を押す。

「あの賭場には、江戸中の悪党が集まってくるんです。なくなっちまったら、なにかと不都合なんですからね」

「くどいぞ、喜平次」

さも不快げに重蔵が言い返し、二人のあいだに少しく気まずい空気が流れた。

(なんだよ。なんか、いやな感じじゃねえか)

青次は、内心やきもきしながら二人のやりとりを聞いている。

「おい、青次」

不意に喜平次が、青次を見据えた。

「は、はい？」

「おめえ、《野ざらし》のお頭に育てられたってんなら、《奴ら》のことも、少しは聞いてるんじゃねえのか？」

「や、奴らって？」

「知らねえのか？《霞小僧》って名前くれえは聞いたことねえのかよ？」

喜平次の鋭い目で見据えられて青次は焦り、兎に角詫《とかく》びた。

「す、すみません」

「なんだ？」

「その、おいら、ご存知のとおり、巾着切りでして……」

「だから、なんだ？」

「巾着切りのことでしたら、多少はお役にたてるんですが、盗っ人のことはよく知らねえもんで……」

「聞いたこともねえのか？」

「すみません」

青次はただただ、頭を下げた。

「無茶言うな、喜平次。青次は、《野ざらし》の一味にいたといっても、一度も押し込みには加わったことがねえんだ」

とりなすように重蔵は言ったが、実は彼のそうした青次への気遣いこそが、喜平次を苛立《いらだ》たせる一因でもあることを、重蔵は知らない。

(なんでぇ、ヤバい仕事は全部おいらに押しつけやがってよう)

腹立ちまぎれに、喜平次はまたひと口、大きく鰻を頬張った。青次が、恨みがましい目つきでそれをじっと見つめていることが、喜平次にはせめてもの慰めだった。鰻は、蓋し青次の好物なのだろう。そういえば今朝のお民の朝餉にも、小さな蒲焼きが添えられていた。

四

「喜平次には、ちょいと面倒な頼み事をしたから、しばらく帰らねえよ」

と告げたとき、

「そんなこと、いちいち知らせてくれなくてもいいんですよ」

事も無げにお京は言い、屈託のない笑顔を見せたが、重蔵を見つめ返した瞳は深い憂いに翳《かげ》っていた。

「旦那のご用を言いつかったときから、覚悟してるんですから」

「すまねえな」

重蔵は、思わず口走らずにはいられなかった。

怪我がある程度癒えるまではお京の許には戻れないので、その旨を上手《うま》く伝えておいてほしい、と喜平次に頼まれた。重蔵が頼んだ町医者の見立てでは、傷口がふさがるまで、十日ほどかかるとのことだった。お京は、気丈に振る舞ってはいても、元々情の強《こわ》い女である。喜平次が深手を負ったと知れば、蓋し真っ青になって駆けつけるに違いない。

それがわかっているから、喜平次も、怪我をしたことをお京には知られたくないのだろう。

（それだけ惚れられたら、男冥利に尽きるってもんだろうぜ）

重蔵には些《いささ》か羨ましくもある。

女に心配をかけるのは本意ではないが、自分を案じてくれている女がいるというのはやはりよいものだ。待つ者の一人もいない身の上には、そんな一途《いちず》な女の愛情が、眩しくも羨ましくも感じられる。

かつて、重蔵にも待っていてくれる女がいた。その女故に重蔵は危険な役目を果たすことができた。

その女の許《もと》へ無事に帰りたい一心で、何度も窮地を脱してきた。

(あの頃、お悠がいてくれなかったら、俺は間違いなく、命を落としていたな)

毎日が修羅場の連続だった火盗時代のことを思い出すたび、重蔵は、無意識にそのひとの面影を求めているのだろう。

(未練がましい、と笑われるだろうか。それとも……)

兄とも慕う男にも、その気持ちだけは遂に一度も明かさずにきた。彼もまた、金輪際重蔵に問うことはなかった。ただ、いつまでも妻《めと》を娶ろうとしない重蔵の頑《かたく》なさから、重蔵の真意を慮《おもんぱか》ることは容易であったろう。なにしろ、つきあいが長いのだ。

(哀しいな)

最愛の女を喪《うしな》った重蔵も、思われながら死んだお悠も。男と女は、いつも哀しい。せめてお京の思いは哀しくさせたくないものだと願いながら、その家をあとにした重蔵は、奉行所にも自宅にも戻らず、しばし市中を漫《そぞ》ろ歩いた。

黄昏《たそがれ》。

しかし季節柄、日が暮れるにはまだ早い。

傾きかける陽光が、地上に長く影を落とす中、ぼんやり歩を進めていた重蔵は、ふとした気配に劃然《かくぜん》と顔をあげた。

ギュシッ、
と、白刃《はくじん》の擦《こす》れ合う音を聞いた気がしたのだ。

（…………）

何処《どこ》か、さほど遠からぬところで、斬り合いが起こっている。

重蔵はその気配を懸命に探った。

（間違いない。複数の刃音がする——）

重蔵は反射的に駆けだした。

武家屋敷の建ち並ぶ一画を抜けた先は、人気《ひとけ》のない御用地だ。要するに、空き地である。鋼《はがね》の爆《は》ぜるような音は、おそらくそのあたりから聞こえている。

走るうちに、その刃音が、一対複数の戦いであることがはっきりした。

武家屋敷街に白刃を斬り結ぶ音が響くとあれば、穏やかではない。

町家の破落戸《ごろつき》同士が、思いのままに喧嘩するのとはわけが違うのだ。

ご城内に於いては、鯉口《こいぐち》三寸寛《くつろ》げても切腹、と言われるとおり、主人持ちの武士は、日頃妄《みだ》りに刀を抜いたりはしない。役目にもよろうが、ご府内であれば、町方や火盗のように、罪人の捕縛を職務とする者たち以外で、公《おおやけ》に刀を抜いていい役目の者は殆どいないだろう。

歴とした武士同士が白刃を抜いて私闘に及び、万一どちらかが命を落とすことになった場合は、寺社奉行による詮議の対象となる。

その場合、重蔵のような町方の出る幕ではないのだが、とにかく、誰かが命を落とすかもしれない、という事態なら、未然に防ぎたい。とにかく、誰も、死んでほしくない。重蔵の願いはただそれだけだった。その思いに突き動かされて、重蔵は懸命に走った。

走るうちにも、陽は翳り、あたりは次第に薄墨色の闇に包まれはじめる。

ギュンッ、
ギャンッ、
ザギュッ……

刹那の斬音が、耳を澄まさずとも、容易に重蔵の耳に届くようになってくる。

(一人で、よく戦っている。……相当の手練だな)

思ううちにも、視界が開けた。

武家屋敷街を抜け、広々とした御用地に出たのだ。御用地の一画は完全な空き地で、予想どおり、複数の人影がそこに蠢《うごめ》いていた。

陽が落ちかけているせいで、どの人影もただ黒い塊にしか見えない。

（一対…十二、三というところか？）

だが、一瞥して重蔵は圧倒された。

その一人に対して、他の黒い影が矢継ぎ早に殺到しているのだが、その一人はものともせず、淡々と目の前の敵に対している。

もとより尋常の勝負ではないので、両方向から、二人が同時に斬りかかることもあるのだが、彼は慌てず、一人ずつ斬り伏せていた。

ガッ、
上段で刃を合わせ、次の瞬間、それを鋭く、且《か》つ力強く撥《は》ねる。

「うごぉッ」

大上段から斬りつけた男は、容易く刃を弾かれた上、軽くかわされて倒れ込む。

一旦倒れ込んでも致命傷を負わされたわけではないので再び立ち上がり、隙を見て斬りかかる。相手は複数なのだから、一撃で斬り殺してもいいはずだし、それだけの力量はありそうなのに、何故かそうしない。はじめから、相手を殺すつもりがないからだ。

（何故だ）

思いつつ、更に接近して行ったとき、重蔵には、襲われているその一人が誰なのか、はっきりとわかった。

同門であれば、わかって当然。更に間近で仔細に太刀筋を見れば明らかだ。

（彦五郎兄——）

わかったことで、重蔵の足は一挙に速まった。

「おのれッ！」

言葉とともに、刀を抜いた。

重蔵が学んだ心形刀流《しんぎょうとうりゅう》には、居合いの技がある。それ故抜き撃ちに、その男——いままさに、たった一人のそのひとの背後から斬りかからんとしていた者の腰のあたりを一刀に払った。

「ぐぎゃん……」

男は、大上段に振りかざした刀を振り下ろすことなく、その場にだらしなく頽《くずお》れた。

「南町奉行矢部駿河守さまのお命を狙うとは、ご公儀に仇《あだ》為す不届き者ども、覚悟せよッ」

天地を揺るがすに充分な怒声を重蔵は放ち、更に踏み込んで、また一人、黒装束の刺客を一刀に斬り据えた。

ぎゃひッ、
一瞬高く飛び散った血飛沫《ちしぶき》が、すべてを白と黒の陰翳《いんえい》に変えゆく薄暮を鮮やかに染める。

「戸部」

冷めた矢部の言葉をすぐ近くで聞き、重蔵はつと我に返った。

突然の重蔵の加勢に戦《おのの》いたか、黒装束の刺客たちは、静かに姿を消している。

「おかげで命拾いした」

既に刀を退《ひ》き、懐紙に血を拭って鞘に納めた矢部は、何事もなかったかのように歩きだした。

重蔵も刀を納め、そのあとに続く。

「お奉行」

重蔵はたまらず、その素っ気ない背中に問いかけた。

「なんです、いまのは？」

「なにと言うて……見てのとおりだが」

「あの者たちは、一体？」

「儂の命を狙うてきた者たちであろう」

「それは見ればわかります」

「ならば、よいではないか」

「よくありませぬ。一体何者が、お奉行のお命を狙っております！」

「騒ぐな、戸部」

声を荒げる重蔵を、厳しい口調で矢部は窘《たしな》めた。

「し、しかし……」

「騒ぐなと言っておろうが」

なお言いかける重蔵を、更に厳しい顔つきで制しておいて、

「今日の連中は歴とした武士のようだったから、まあご老中の手の者だろう」

事も無げに矢部は言い、重蔵は絶句した。

(何故に、ご老中が……)

思ううちにも、矢部は足早に行ってしまう。

「お待ちください、お奉行。聞き捨てなりませぬぞ、今日の連中とは……では、襲わ

れたのはこれがはじめてではないのですね」

足を速めて小走りになり、矢部の耳許へ囁くように重蔵は問うた。大声を出すな、と叱責されたからにほかならない。

「今更なにを狼狽《うろた》えておるのだ、そちは。儂がご老中に嫌われているなど、いまにはじまったことではないぞ」

「なれど、嫌っているからといって、刺客をおくるとは穏やかではありませぬ」

「たわけたことを申すな。邪魔者を葬るのに、穏やかなやり方などというものがあるか」

「…………」

「このようなこと、大坂《おおさか》の頃から、日常茶飯事じゃ」

「なんと、大坂の頃からでございますか」

矢部の言葉つきは、世間話でもしているように平淡で、重蔵もつい、鸚鵡返《おうむがえ》しの相槌をうった。

「したが、儂がかつて火盗にいたことも知らぬらしく、気の抜けたようなのばかり送り込んでくる。おかげで今日まで命拾いしているわけだが」

「彦五郎兄」

重蔵の口からついその名が漏れたのは、そうさせるに充分な気易さが、矢部の態度や言葉つきに漂っていたということだ。

重蔵は漸く安堵した。矢部の腕が、火盗時代と比べて少しも衰えていないことが嬉しくもあった。

「そういえば、何故お一人にて、このようなところにおいでになったのです？　供《とも》の者は？」

「忠助《ちゅうすけ》は、逃げた馬を追って行った」

「忠助は供ではなく、馬丁《ばてい》ではありませぬか。供はお連れにならなかったのですか。何故供をお連れにならぬのです」

「仕方ないではないか。忠助以外に、馬と並走できる者はおらぬ」

と寧《むし》ろ困惑気味に矢部は言い、チラッと重蔵を顧みた。

折角馬で出かけるのに、駆けられないのでは意味がないではないか、と言わんばかりな矢部の口ぶりに、重蔵は苦笑を堪えた。確かに、徒歩《かち》の供を連れていては、彼らに合わせて馬を歩かせねばならず、騎馬で出かける意味がなくなるが、そもそも奉行ほどの身分の者が、単身騎馬にて出かけようという発想がおかしい。一見理《り》にかなっているようでいて、どこか常識とずれている。そういうところは、若い頃からちっとも変わっていない。

（相変わらずだな）

こんなときだというのに、重蔵は嬉しくなってしまう。だが、内心の嬉しさを押し隠し、言うべきことは言わねばならない。

「それで、一体どちらへお出かけだったのです。狙われていることがわかっていながら、供も連れずにお一人でお出かけになられるなど、どういうおつもりです」

「五月蠅《うるさ》いのう、そちは。騎馬で出かけるところといったら、馬場に決まっておろう」

「馬場ですと！」

正気でございますか、という言葉はさすがに呑み込んだが、

「なにを考えておられるのです」

殆ど同じ意味の言葉が間髪《かんはつ》入れずに口から飛び出すのを、重蔵は止めることができなかった。

「何事もなかったのだから、よいではないか」

億劫《おっくう》そうに応えると、矢部はそれきり口を噤《つぐ》んだ。足どりも、心なしか弛んでいる。真剣にて激しく斬り結んだ直後である。さすがに疲れたのだろう、と重蔵は思った。

涼しげな外見も、剣の腕も、昔と全く変わらぬように見えるが、実年齢は嘘をつかない。たがの弛むように緩慢に訪れる老いは、矢部の身にも確かに忍び寄っているのだ。

しばらく無言で、人通りの途絶えた屋敷街を歩いた後、

「辻駕籠《つじかご》でもひろうてまいりましょうか？」

遠慮がちに、重蔵は問いかけた。

奉行所兼役宅までは、普通に歩いてもなお半刻ほどかかる。

「要らぬ」

短く一言、不機嫌に矢部は答えた。そしてそれきり、あとはなんと話しかけても、答えてはくれなかった。甚だ気分を害したであろうことは、想像に難くなかった。

第三章　霞小僧

一

大きく見開かれた男の瞳が、必死に何かを訴えている。

餌を求めて水面に口を出す池の鯉《こい》の如く、男の口は常に忙《せわ》しなく開かれ、閉じられ、また開かれる。だが、奇異なことに、大きく開いた口腔からは、僅かの音声も漏らされていない。

必死の叫びは声にはならず、ただ虚《むな》しい吐息と化していた。

声にならない悲痛な叫びは、もし発せられていれば、充分に四囲《しい》を席巻《せっけん》していただろう。野太く屈強な男の腕が、気の毒な男の胸倉を摑み、グイグイと締め上げていた。

そのため、必死に吐き出そうとする息は声にならず、ただ、食いしばった歯と歯のあいだから、スースーと虚しい音が漏れている。

一騎当千という表現が相応《ふさわ》しい六尺ゆたかな壮年の巨漢が、彼にとっては童《わらべ》ほどの大きさに過ぎない貧相な男を、渾身の力で捕らえているのだ。捕らわれる前に、既に顔面を痛打されているのか、左頬のあたりが赤く腫れあがっている。その一撃で、男は既に虫の息な筈だった。

だが巨漢は、腕にこめた力をまるで弛《ゆる》めず、

「この野郎ッ」

剛毛に被《おお》われた二の腕を、袖口から更にグイッと突き出すと、一層力をこめてゆく。

「ぐぅ……」

締め上げられた男は低く呻き、

「か、勘弁して…ください」

漸《ようや》く微《かす》かな声を漏らした。

哀れな命乞いではあるものの、鬱血した赤い顔が次第に黒ずみ、早くも断末魔《だんまつま》の形相を呈している。

「おい、そのくれぇにしといたらどうだ？」

つと、巨漢の背後から、低く男の声が囁いた。

昼でも薄暗い奥まった路地裏だが、外部から完全に閉ざされた場所というわけではないので、偶々《たまたま》近道を探し当てた通行人が通り抜けようとすることはある。

だが、そんな有り様に出会《でくわ》せば、大抵の者は回れ右をして去って行く。自ら進んで関わろうという者など、いるわけがない。男をその路地に連れ込んだときから、巨漢はタカをくくっていたはずだ。

ところが――。

「いい加減にしねえと、くたばっちまうぜ、そいつ」

なんの酔狂《すいきょう》か、進んで関わろうとする者がいた。そのことに、

「ああ、なんだぁ？」

巨漢は多少驚きながらも、満面に怒りを湛《たた》えてその囁き声に言い返す。

「イカサマ野郎にヤキ入れるのは当然だろうがぁ」

「ヤキ入れんのはいいが、殺しちゃだめだろう。おめえも死罪になるぜ」

「ガタガタうるせえな、なんだてめえはッ」

巨漢はその男から手を放すと、背後の男に向き直った。向き直った先には、笑顔のほうが凄みが増すと言われる強面《こわもて》の男――喜平次がいる。

「なにって、通りすがりのお節介だよ」

その強面に、さしもの巨漢も少なからず気圧《けお》された。が、気圧されたということに、自分でも腹が立ったのだろう。

「なら、通りかかったことを後悔しなッ」

言うなりそいつは拳《こぶし》を振り上げ、喜平次に殴りかかってきた。

「おっと」

喜平次はそれを軽く鼻先にかわすと同時に一歩踏み出し、踏み出したその膝頭を、相手の土手っ腹へ強《したた》かめり込ませる。

「ぐぅッ……」

巨漢は呻き、腹を抱えてその場に蹲《うずくま》った。

蹲ったその後頭部めがけて、喜平次は右肘《ひじ》を振り上げ、振り下ろす。肘はガツンと男の後頭部を強打した。勢いがついているため、さしもの巨漢も、完全に昏倒《こんとう》する。

「おい、なに、ぼけっとしてるんだ」

「え？」

屈強な腕から解放されて地面に座り込んだ男は、驚いて喜平次を振り仰ぐ。自分を締め上げていた巨漢が喜平次によってあっさり倒され、気を失ったということに、漸く気づいたようである。

「さっさと逃げねえか」

「あ、はいッ」

厳しく指示されると、生き返った心地も束の間、男は跳び上がるように腰を上げ、そのまま走り出す。相当痛めつけられていたようだが、足どりは意外に軽やかだ。喜平次も当然そのあとに続く。

路地を抜けて通りへ出ると、

「おい、奴が追ってきたら面倒だ。どっかこのへんに、手頃な隠れ家はねえのかよ？」

喜平次は男に並び、その耳許《みみもと》へ問いかけた。

「隠れ家、ですか？」

「このあたりに、行きつけの飲み屋とか、飯屋とか、ねえのかよ？　なるべく、目立たねえ店がいいな」

「目立たない店ですか？」

それでは商売にならないのではありませんか、と喉元に出かかる言葉を飲み込んで、男はしばし考え込んだ。

「なんだ、知らねえのか？」

「ええ、ちょっと、わかりませんが……」

「おめえ、このあたりのもんじゃねえのか？」

喜平次は意外そうに目を瞠《みは》った。

その男は、武家屋敷の中間《ちゅうげん》部屋で、見るからに柄《がら》の悪そうな渡り中間たちを相手に花札をしていた。

渡り中間というのは、口入屋《くちいれや》から派遣される臨時雇いの中間で、武家から武家を渡り歩くため、主家への忠誠心などはさらさらない。どうせ短期間の勤めなので後腐《あとくさ》れがなく、素行も悪い。用のないときは、中間部屋に与太者の類《たぐい》を引き入れては博奕《ばくち》をうち、昼間から酒を喰らっている。

正式な武家奉公の者と違って出自《しゅつじ》をやかましく問われることがないため、国許《くにもと》で不祥事を起こして逐電《ちくでん》してきた者や、兇状持ちなども少なくない。

そんな、ひと癖もふた癖もありそうな奴らを相手に大胆なイカサマをしているその男に、喜平次の目は釘付けになった。

(あの器用さは、素人じゃねえな)

兎角《とかく》、賭け事の場には悪の匂いが漂うものだ。それ故喜平次は、先日猪之吉に刺された傷が癒えてから、地回りが仕切る通常の賭場《とば》だけでなく、江戸には数ある武家屋敷の中間部屋の中でも、とりわけ評判の悪いところを集中的に覗いてまわった。

頬《こ》が痩け、口が尖って、痩せすぎの鳥《からす》のように貧相な顔をしたその男は、己のイカサマがあまりに上手《うま》くいくので、つい油断したのだろう。すり替えた札を袂《たもと》に隠す際、しくじって落としてしまった。

「てめえ！」

そのため、最前喜平次が昏倒させた巨漢から、強《したた》かヤキを入れられる羽目に陥《おちい》ったのだ。

（ドジな野郎だな）

喜平次は内心呆れたが、放っておくわけにもいかなかった。その男のイカサマの技はともかく、度胸のよさ、目端《めはし》の利かせ方が、どうにも気になったのだ。

（大方、盗っ人だろう）

と見当をつけた。

手先が器用なら巾着切りとも考えられるが、一瞬の緊張を要求される掏摸《すり》にしては、イカサマのしくじり方が些かお粗末すぎた。

「まあ、いいや。……その辻を右へ曲がんな」

相手の返答を待たずに、喜平次は男にそう囁いた。

「はい」

男は素直に随《したが》った。

年の頃は、喜平次より少し上で、四十がらみといったところか。貧相な外貌に似ず、意外に度胸が据わっているところや、その逃げ足の早さ等、喜平次の興味をひくには充分な男だった。傷が癒えたといっても、完治したわけではない。あまり激しく動いては、傷口がひらかぬとも限らない。

或いは、途中で逃げられることも覚悟していたが、男はそうせず、何処までも喜平次の指示に従った。喜平次が何者なのかを僅かも疑っていないとすれば、余程素直な生まれつきなのか、或いはただのど素人かのどちらかだ。

「そこだよ」

「え?」

喜平次に言われて、男はつと足を止めた。通りを幾つか抜けて隣町へ入り、もう一つ先の辻を折れたところである。路地というほど狭い道ではないが、人通りのあまりない通りの外れに小さな家があり、その軒先には古びた杉玉《すぎだま》と色褪《いろあ》せた縄《なわ》のれんが揺れていた。

「あ、ここ、飲み屋でしたか」

「見りゃわかるだろう」

とは言うものの、杉玉も縄のれんも、使われているとは思えぬほど色が変わっている上、門口も狭く、到底客を歓迎しているようには見えない。

「入ってもいいんですか？」

男が念を押したのも無理はなかった。

「ああ、イカサマがバレて、無一文のおめえに奢《おご》れとは言わねえよ。走って喉《のど》が渇いたし、とにかく、ひと休みしようぜ」

「は、はい」

喜平次の言葉に、その男はどこまでも素直に随った。あまりに素直過ぎて、ちょっと、気持ちが悪いほどだった。

店の中は薄暗く、奥の竈《かまど》の前で居眠りをしていたらしい老爺《ろうや》は、

「いらっしゃい」

一応渋い声音を発して出迎えてくれたが、もとより、他には一人の客もいない。

土間に、四人がけほどの細長い卓が二台あり、土間の片側は畳二畳ほどの小あがり

になっている。満席時でも、十人入れるかどうかという小さな店だ。品書きなどは一切なく、卓の一つに座りざま、

「冷やでいいよ」

と喜平次が言えば、老爺はほどなく、二合徳利とお猪口《ちょこ》二つ、なにやら野菜の和《あ》え物らしきものが盛られた小鉢を運んできた。冷や酒は瞬《また》く間にあけてしまい、燗酒《かんざけ》が温まるまでの間、老爺は頼まれもしない肴《さかな》を何品か、喜平次とその男の卓に運んでくれた。

男の名は、晋三《しんぞう》といい、家は、内藤新宿《ないとうしんじゆく》の千駄ヶ谷《せんだがや》町は戸田越前守《とだえちぜんのかみ》の屋敷の近くということだった。

内藤といえば、大木戸《おおきど》の外は江戸ではないといわれる四谷《よつや》大木戸の外である。そんな郊外から、博奕をうつだけの目的でわざわざご府内まで足を運んできたとしたら、あきれた遊び人だが、本人は一向悪びれない。

「親の遺してくれた家を、あたしがいただいたんですよ。兄弟たちの中じゃ、あたしが一番出来が悪くて……その、とても他所《よそ》じゃやっていけないだろうからって……あたし以外の兄弟たちは、みんな他所の土地で、そこそこうまくやってるんですけどね」

「おめえが家業を継いだってことか？」

「ええ、一応。……ところが、あたしはごらんのとおり、博奕好きでして、商売にはあんまり身が入らねぇんですよ」

「家業はなんだい？」

「親父の代には虫売りをしてたんですけどね、なにしろ、虫の世話が大変でして……」

酒を勧められた晋三は断らずに盃《さかずき》を重ねた。ほどよく酔いがまわるとともに、当然口は軽くなってゆく。

「いやぁ、ホントに、あたしはろくでなしでして、兄弟の世話になりっぱなしなんですよ。つい最近も、遠くに住んでる兄弟たちがわざわざあたしのために集まってくれて……有り難ぇもんですね、身内ってのは」

「だろうな」

身内のいない喜平次には、晋三のそのはしゃぎぶりが、些か小面《こづら》憎い。

「俺ぁ、親兄弟のいねえ天涯孤独の身の上だから、頼りになる身内がいるなんて、それだけで、羨ましくてしょうがねえや」

「そいつは、お寂しいですね。そうですか、すると、ずっとお一人ですか？」

喜平次の厭味も全く通じないのか、さも美味《うま》そうに酢蛸《すだこ》をつまみながら晋三は言った。意外にも、老爺の作ってくれる肴はどれも美味だった。酢蛸も、ちゃんと針生姜《はりしようが》の上に盛られていて、数本の生姜と一緒に口に入れると、酢蛸の風味がよりひきたつ。

喜平次も一かけ口に入れながら、

（こいつぁ、どうしようもねえろくでなしだな）

内心苦笑していた。

苦笑しつつ、更に問う。

「で、兄弟たちは、一体なにをどう助けてくれたんだい？」

「どうもこうも、あっしが博奕で作った借金を、みんなで協力して、返してくれたんですよ。有り難くって、涙がでまさぁ」

「そうかい。そいつはよかったなぁ」

「ええ、本当に、有り難い兄弟たちなんですよ」

晋三は素直に嬉しそうな顔をしたが、

「なに？」

一旦聞き流してから、喜平次はふと気づいて問い返した。

「折角借金返してもらったってのに、また性懲《しようこ》りもなく博奕うったのか、あんた？」

「ええ、まあ……」

酔いのまわった晋三は曖昧《あいまい》に笑う。

「よくもまあ、懲りずに……しかも、イカサマ博奕ときたもんだ」

「はは……面目《めんぼく》ねえ」

「笑い事じゃねえぞ。下手《へた》すりゃ、さっきの野郎に絞め殺されてるとこだ」

「もう、言わねえでくださいよ、兄貴。あたしだって、反省してるんですよ。……けど、これぱっかりはもう、悪い病気みてえなもんでして……」

本心から反省しているとは思えぬ様子の晋三が大仰《おおぎよう》に頭を抱えたところへ、店の親爺が、追加の徳利を運んできた。

徳利を卓に置いてから、

「すまねえな、親爺さん」

喜平次の言葉には目顔で応じると、

「病気ならしょうがねえな」

晋三に向かって、しみじみとした口調で老爺が言った。

「病気を治すには、医者や薬の力を借りるしかねえだろ」

「い、医者や薬って？　博奕好きを治す薬なんて、あるのかい？」

「あったら飲むかい？」

「ああ、そりゃあ、もう……でも、高ぇんだろ？」

「さあな」

晋三が問い返すと、渋い声音で突き放し、もう一度チラッと喜平次に視線を送ってから、親爺は奥へと引っ込んでいった。齢《よわい》七十前後。渋い声音と裏腹、柔和な物腰顔つきの老爺だが、後ろ姿には隙がない。もとより、見る者が見なければわからないことではあったが。

「あ、あたしは一体どうしたらいいんでしょう、兄貴？」

「知らねぇよ」

とは言わず、喜平次は無言で、晋三の猪口《ちょこ》に酒を注いだ。晋三は黙ってそれを呷《あお》り、二度三度と注がれれば、殆ど反射的にそれを空けていった。さほど酒に強いとも思えぬ晋三が酔い潰れてしまうまで、もう四半刻とはかからぬだろう。

「間抜けな面《つら》してますね」

高鼾《たかいびき》で寝込んでいる晋三の寝顔を覗き込みつつ、青次は言った。

「本当に、こいつが凄腕の盗っ人なんですか？」

「だからそれを確かめるんだよ。それに、こいつには出来のいい兄弟がいるようだからな」

やや険しい顔つきで喜平次は応じる。

「大丈夫ですか、兄貴？」

最前から、喜平次が左脇腹あたりを押さえていることに、青次は漸く気がついた。

「まだ治りきってねえのに、無茶するからですよ」

「別に無茶なんかしちゃいねえよ」

「無茶でしょう、どう考えても。あの猪之吉って野郎だって、まだ捕まってないってのに」

「猪之吉だって馬鹿じゃねえ。鬼より怖ぇ火盗から目ぇつけられてるってわかってんだから、そうそう姿を見せるもんじゃねえよ」

「そうかもしれませんが、やたらと歩きまわって傷が開いちまったら、どうするんです。またお京さんのとこに帰れなくなりますよ」

「そんときゃあ、昔馴染みのヤサへでもしけ込むから、心配すんな。もうおめえの世話にはならねえよ」

「誰もそんなこと、言ってねえでしょうが」

本気で案じているのにはぐらかされて、青次は些かムッとする。

「大丈夫だよ、別に傷が痛んでるわけじゃねえ」

「じゃあなんで、さっきから、そうやって腹を押さえてるんですよ」

「どこを押さえてようが俺の勝手だろ。てめえの手で押さえてんだよ。おめえの手を借りて押さえてるわけじゃあるまいし——」

「………」

あまりの憎まれ口に絶句した青次の背後から、

「いい加減にしろよ、喜平次。その若いのは、本気でおめえの体を案じてるんだぜ」

店の親爺の渋い声音が降りかけられると、

「わかってるよ、親爺さん」

喜平次は仕方なく苦笑した。

「若いのって言うけど、こいつは、俺とたいして変わらねぇんだぜ」

喜平次の不平を、老爺は片頬を歪めて黙殺し、そのまま店の奥へと引っ込んでゆく。

その意味深な様子も、青次には少しく気になっている。

「ホントに、なんでもねえんだよ」

「でも、兄貴――」

「いいから、おめえは、こいつが目を覚まして家路についたら、あとを尾行《つ》けて、ヤサを探り当ててくれりゃいいんだよ」

「わかってますよ」

「探り当てたら、旦那じゃなくて、先ず俺に知らせるんだぜ」

念を押してから、喜平次はゆっくりと腰を上げた。

「何処行くんです？」

「帰るんだよ、決まってんだろ」

「お京さんのとこに？」

「ああ」

「じゃあおいらは、こいつのヤサがわかったら、お京さんのとこへ知らせに行けばいいんですね？　兄貴はお京さんの家にいるんですね」

「ああ、いるよ」

と背中から喜平次が答えたことで、青次は漸く安堵した。傷の状態がひどくなっているとしたら、喜平次はお京の許へは帰らないだろう。青次に用を言いつけておいて、よもや嘘をつくとも思えない。

「じゃあ、頼んだぜ」

言い置いて、店の奥にいる老爺には例によって目顔でだけ挨拶してそのまま出て行ってしまう喜平次の背を、

「あ、兄貴、兄貴——」

だが青次は慌てて追い、縄のれんをくぐるかくぐらぬかというところで辛うじて引き止めた。腕を摑んで、引き戻したのだ。

「なんだよ？」

喜平次は当然困惑する。

「あの爺《じい》さん、堅気《かたぎ》じゃないでしょう？　すげえ、おっかねえ目してるもん」

青次は低く、喜平次の耳許に囁いた。

青次の言う「爺さん」は、この店の主人である老爺のことにほかならない。

「いまは堅気だよ」

「じゃあ、昔は？」

「《燕《つばめ》》の虎二郎って、大盗賊の頭《かしら》だよ」

「え、《燕》の虎二郎？」

「知ってんのか？」

「そりゃあ、名前くらいは」

「安心しな。《燕》の頭は、足洗ってからしばらく火盗の手先を務めて、いまはその仕事も引退した。この店は、虎二郎爺さんの隠居所みてえなもんだ」

「そうなんですか」

青次は漸く、喜平次の腕から手を放した。火盗の手先をしていた、と聞いて安堵したからにほかならない。

先日喜平次は、昔の同業者から裏切り者として殺されかけた。

後ろ暗い過去を持つ者は、多かれ少なかれ、己の過去を知る者の存在に怯える。青次も、近頃重蔵の手先として働くようになったが、そのことを、万が一にも昔の馴染みに知られれば、当然喜平次同様命を狙われることになるだろう。喜平次が襲われるところに出会《でくわ》して、青次は改めてその恐ろしさを知ったのだ。

「押し込みを手伝ったことのないおいらには、喜平次兄貴みてえな働きはできませんからね」

重蔵には、予《あらかじ》め釘を刺してある。

「わかってるよ。一味の者としかつきあったことのねえおめえには、盗っ人の知りあいはいねえ。それに、おめえに喜平次みてえな荒仕事は無理だ」

だからこそ、重蔵も、足を洗った青次を己の手先として使おうとはしなかったのだ。喜平次のように常に一人で動いてきた者と違い、大所帯の一味にかくまわれ、九兵衛親分の庇護の下にあった青次には、なんの覚悟もできていない。

親しく口をきくようになってから、喜平次にも漸くそれがわかってきた。だから、

(すまなかったな、巻き込んじまって)

路上に出て歩きだしつつ、心の中でだけ、喜平次は青次に詫びた。

あのときは仕方がなかったとはいえ、青次を同じ土俵に引き込んだ責任の一端は喜平次にある。同じ前科者でありながら、重蔵に依怙贔屓《えこひいき》されているらしい青次に、ガラにもなく嫉妬していた。青次を巻き込んだ理由の大半が嫉妬だとわかると、喜平次は深く己を恥じるしかなかった。青次に見せた険しい表情の理由も、実はそのあたりにあるのだが、それを青次に伝えられるほど、喜平次は親切でも、素直な質《たち》でもなかった。

二

実のところ、青次はさほど尾行が上手《うま》くはない。というより、一味にいた頃から、

殆どその経験がなかった。

「近づきすぎれば相手に感づかれる。かといって、離れすぎたらまかれちまう。気をつけろよ」

と喜平次は教えてくれたが、肝心の、どれくらい距離をとればよいかということは教えてくれなかった。

「それは、一概には言えねえな。尾行《つ》ける人間の足の速さにもよるし、町中と田舎道でも違ってくるからなぁ」

結局、経験を積んで慣れるしかない、という意味のことを言われてしまったのだから、仕方ない。

だが、晋三を尾行することは、予想以上に容易《たやす》かった。

それというのも、晋三自身に、全く警戒する様子がみられなかったのだ。

まさか、自分が何者かにあとを尾行けられているなどとは夢にも思わないのだろう。

一度も後ろを振り向かず、尾行を気にして背後を窺う様子も一切なかった。

虎二郎の店で目を覚ましたとき、そこに喜平次の姿がないことに多少驚いたようだが、

「いいから、けえんな。お代はもらってあるよ」

と虎二郎に言われると、大喜びで帰途についた。

そして、無防備に最短の道を選んで晋三は帰った。一人飲みの客を装って小あがりに腰掛けていた青次は、そそくさとそのあとを追って店を出た。

(まさか、なにもかも承知の上の罠じゃねえだろうな)

と青次が疑いたくなったほど、隙だらけの晋三のあとを、青次は易々と尾行けることができた。

(あのおっさん、あれで本当に盗っ人なのかね?)

青次の育ての親ともいうべき《野ざらし》の九兵衛をはじめ、彼のまわりにいたのは皆ひとかどの盗っ人たちだった。彼らの身ごなしは明らかに素人とは一線を画しており、目配り一つ、歩き方一つにも隙がなかった。喜平次をはじめて見かけたときも、同じ匂いを感じ取った。

しかし、晋三という間抜け面の中年男からは全くと言っていいほど、その種の匂いは感じられない。

(ありゃあ、喜平次兄貴の目利き違いだろうぜ)

晋三の家が、彼の言うとおり、大木戸を出て、玉川上水《たまがわじょうすい》の土手沿いに半里ほど行った先、戸田越前守という直参のお屋敷のすぐ近くだということを確かめた青次は、そう確信した。

家は、古い茅葺《かやぶ》きで庇《ひさし》が低く、一見裕福な農家といった佇《たたず》まいである。

(だいたい、家の場所だって、本人が言ったとおりじゃねえか。こんなことなら、尾行ける必要もなかったぜ)

兄弟たちとやらの顔も確かめておくべきかもしれないが、なにしろあたりは田や畑が多く、人気《ひとけ》が少ない。見馴れぬ者がうろうろしているのを人に見咎められぬとも限らない。

(まあ、このおっさんはどうせ素人《しろうと》だろうしな)

青次は早々に大木戸をくぐり、市中に戻った。

(しかし兄貴は、まだ体も本調子じゃねえってのに、なんだってああも熱心に、旦那の御用を務めようとするんだろうな)

道々、青次はそのことを考えた。

青次にとっても、勿論重蔵は大切な恩人だ。頼まれれば、危ない橋も渡る。だが、命まで捨てられるか、と言われると、さすがにそこまでは自信がなかった。

もとより青次は、重蔵と喜平次のあいだに、役人と元盗賊という関係だけでなく、女をめぐっての複雑なものがあることを知らない。また、重蔵と出会い、お京と出会う以前の喜平次が、どれほど深い孤独の中にいたのかということも――。

(別に、急いで知らせることもねえか)

深川仙台堀にあるお京の家へ行こうとしていた青次は、だが途中で思い返した。喜平次も何日かぶりでお京の許に帰ったのだ。今日ぐらいは水入らずで過ごしたいに違いない。

そう思うと、青次も忽《たちま》ち、女のことが恋しくなった。

(桔梗《ききょう》……)

果たしてそれが、彼女の本当の名なのかどうか。如何《いか》にも源氏名めいてはいるものの、そう教えられた以上、いまはそれを信じるしかない。とにかく、愛想がよく、矢場へ行けば馴れ馴れしくしてくるくせに、いざ口説《くど》いてみると簡単にはおちない。それが、そもそも青次が桔梗に興味をもった理由だったが、一度できてしまえば男と女だ。青次はタカをくっていた。

「あたしは、誰のものにもならないよ」

はじめての夜を過ごした翌日そう言われて、青次は啞然とした。その言葉どおりに、それからは、青次を迎えてくれる日もあれば、あっさり袖にされる夜もある。そのつれなさが、青次の心に火をつけたのかもしれない。

(今度会うときは、簪《かんざし》作ってくって約束したんだけどな)

このところ、急に喜平次が転がり込んできたりと、バタバタしていて、注文されている仕事をこなすのが精一杯で、余計な簪を作っている余裕はなかった。

(でも、会いてえな)

青次の足が、無意識に矢場へと向きかけたとき、

「おう、青次じゃねえか」

不意に、聞き覚えのある声で呼びかけられた。季節柄、いつもの茶紗綾《ちゃさあや》を、涼しげな白絽《はくろ》の羽織に着替えているのが心憎いほど瀟洒《しょうしゃ》であった。

「旦那」

往来の真ん中で、青次はつと足を止めた。

別に悪いことをしていたわけでもないのに、重蔵の顔を見ると何故か後ろめたい気持ちになる。

「どうした？」

いつもどおりのその笑顔を見ていると、何故だか心が咎《とが》めてくるのだ。

「い、いえ……」

「喜平次が世話んなったな」

「あ、いえ、なにも……」

青次は慌てて首を振ったが、馴れ馴れしく肩を並べてくる重蔵の視線が少しく痛い。

「喜平次はどうした？」

「傷は、もうすっかりいいみてえですよ」

「そうか？」

「ええ、昨日から、もう出歩いてますよ」

「出歩いてるのか？」

「旦那のご用を、一日も早く果たさなきゃならねえって、張りきってますよ」

「そうか、それはよかった。でも、あんまり無理すんな、って言っといてくれよ。あいつになにかあると、お京に泣かれるからなぁ」

「兄貴なら、もうお京さんとこに帰りましたよ」

「そうか」

「ええ」

と作り笑顔で応えつつ、重蔵に対する後ろめたさに、青次は激しく苛《さいな》まれる。

「ところで、おめえはなにやってんだ、青次？」

「え？」

苛まれているところに、不意討ちのような重蔵の問いだ。

「な、なにって、別に……」

青次は焦り、口ごもる。

「今日は何処《どこ》行ってたんだよ？」

「別に、おいらは何処にも……」

「何処にも行かずに、着物の裾《すそ》に、そんなに泥がはねてるわきゃねえだろ。昨日も今日も、このあたりじゃ雨は降ってねえんだから」

「え、泥が？」

慌てて自分の着物の裾を見ると、確かに、千筋縞の白い部分にポツポツと黒い染みのようなものがある。

いま彼が立っている両国橋へと通じる広小路の道は、土埃《つちぼこり》がたつほど乾いていた。裾の汚れは、晋三を追って内藤の畦道《あぜみち》を歩いているときついたものに相違なかった。

「………」

「どうした？　俺にも言えねえようなところへ行ってきたのか？」

答えを躊躇《ためら》って俯《うつむ》いた青次に、緩《ゆる》い世間話の口調で重蔵は問いかける。

晋三のことは重蔵には言わず、先に喜平次に知らせるよう言われているから、青次はなお口を噤《つぐ》んでいる。

重蔵の顔を見た途端に感じた後ろめたさの正体を、青次は漸く覚った。

そもそも重蔵の言いつけで動いているのに、その経過を重蔵に告げないなどおかしな話だ。つきあいの長さ、親交の深さから考えても、青次は、喜平次ではなく重蔵の言うことをこそ聞くべきなのだ。

それがわかっていながら、だが青次は、やはり口を開くことができなかった。できないのはつまり、道義よりも仲間うちの仁義を重んじるが故だった。

(けど、このひとに隠すのは無理なんじゃねえか)

青次は思っている。

何しろ相手は、本人も気づいていない微かな着物の汚れにすら瞬時に気づくような男である。青次には、そんな重蔵の目を誤魔化《ごまか》しきれる自信はなかった。

「まあ、いいや」

だが重蔵は、どういうわけか、それ以上青次を追及しなかった。

「え?」

拍子抜けした青次は思わず顔をあげて重蔵を見たが、

「《霞小僧》の探索は喜平次に任せてある。なにかわかれば、言ってくるだろ」

重蔵は相変わらず鷹揚な笑みを浮かべた顔で言い、そのまま両国橋のほうへ行ってしまうようだった。

（なんだったんだ？）

残された青次は、嬲《なぶ》られたような気分であった。それでつい、その瀟洒《しょうしゃ》な白絽《はくろ》の羽織の背を追ってしまった。

「いいんですか？」

追いついて、そして自ら重蔵の耳許に囁きかけた。

「なんだ？」

さも五月蝿《うるさ》そうに蝿でも追うような顔つきをされたことが決定的だった。

「ある男のあとを尾行けて、内藤まで行って来たんですよ」

青次はすらすらと口走り、重蔵は黙って聞いていた。ある男とは誰だとも、どうして尾行けたんだ、とも聞き返していないのに、一度話し出すと最早自ら止めることはできず、青次は堰《せき》を切ったように喋り出して、とうとうすべてを語ってしまった。ついでに、晋三というのはどう見ても隙だらけの素人で、喜平次が何故あの男に目をつけたのかさっぱりわからない、という自らの見解までも付け加えた。

「そうかい」

橋のたもとに佇んで最後まで聞き終えると、重蔵は、一言だけ青次に問い返した。

「喜平次の奴はどうして、その晋三とかいう博奕好きのおっさんを、盗っ人だと思ったのかなぁ？」

「さあ……」

無論青次には答えられない。

三

「またかよッ？」

末弟の与五郎《よごろう》は、部屋に入って兄の顔をひと目見るなり、吠えるように言いたてた。

三十をいくつか過ぎたというのに、相変わらずの気の短さだ。

「っとに、いい加減にしてくれよ、三兄《さんにい》」

同じ座にある長兄と次兄にろくに挨拶もせず、ただ晋三に向かって言いたてる。

弟から頭ごなしに責められ、晋三は終始縮こまっていた。

「ったく、なに考えてんだよ。親父の遺した金も、俺たちの金も、すっかり使い果たしちまって、その上借金が五百両ってどういうことだよ？」

「面目ねえ」

「何度同じことを繰り返せば気がすむんだよ。もう、うんざりなんだよッ」

「す、すまん、与五《よご》」

「どうせ口先だけなんだろ。腹ん中じゃあ、ちっとも悪いなんて思っちゃいねえんだよ、あんたはッ」

「よさねえか、与五」

部屋の最上座にいた長兄の箕吉《みのきち》が見かねて止めるが、

「だいたい、兄ちゃんが甘やかすから、三兄がつけあがるんじゃねえか」

与五郎は怒りの矛先を長兄にも向けてゆく。

「晋三はお前の兄貴だぞ。少しは口を慎まねえか」

「馬鹿兄貴に向かって、慎む口なんぞ、こちとら持ち合わせちゃいねえんだよ」

「兄を敬う気持ちはねえのか？」

「こんな馬鹿兄貴を、一体どうしたら敬えるってんだよ？　え？　教えてくれよ」

与五郎の憤慨は容易にはおさまらない。

江戸でこれ以上仕事を続けるのは危うい、ということになり、両親の死を機に、晋三以外の兄弟が江戸を離れたのが十年前だ。長兄の箕吉は江戸に近い小田原《おだわら》に、与五郎は大坂、次兄の吉次郎《きちじろう》は長崎《ながさき》と、それぞれに新天地を見出し、己の才覚だけを恃《たの》みに、生計をたてている。

そういう才覚に乏しい晋三には、両親の遺言で、生まれ育った家と、親の遺した遺産の大半が与えられた。贅沢さえしなければ充分暮らしていけるだけの金額である。

正直、与五郎はこのときホッとしていた。兄弟と離れて、これでやっと、自分だけの人生を生きられると思ったからだ。大坂では、棒手振《ぼてふ》りの商売からはじめて、数年のうちに、小さいながらも自分の店を構えるまでになった。あとは、嫁をもらって自分の家族を作るばかりだった。気だてがよく、器量も与五郎好みの女と漸く出会い、あとは求婚するばかり、というとき、長兄の箕吉から、急ぎの文がきた。

——大至急、江戸へ来い、
という内容だった。離れてはいても、両親亡き後、長兄の言いつけは絶対だ。そういう家に生まれ育っているのだ。

与五郎は仕方なく上京した。

兄弟が招集された理由は、晋三の起こした不祥事だった。博奕で借金を作り、地回りから脅されている、と言う。晋三を救うために兄弟で仕事をし、借金を返した。返し終えて大坂に戻ったときには既に、与五郎が思いを寄せた女は他の男に嫁《とつ》いでいた。

その後何度も、同じようなことがあった。ここぞ、という人生の勝負時になると、必ず箕吉からの招集がかかる。結局与五郎は勝負時を逸してしまい、うだつのあがらぬ人生を送っている。

ここぞ、というとき、いつもいつも、晋三が彼の邪魔をした。

そうして十年が経ったいまもなお、早飛脚のもたらす文一枚で、こうして呼びつけられている。いい顔を見せられる道理がなかった。

「兄ちゃんは、よく平気でいられるよな。三兄が博奕で借金作るたびにこうやって江戸に呼び寄せられて、そのためだけに仕事させられてよう、やってらんねえんだよッ」

「与五郎ッ」

箕吉は、ふと顔つきを改めると、強い語調で与五郎に言った。

「親父とお袋が常々なんて言ってたか、おめえは忘れたのか？」

「…………」

殆《ほとん》ど叱責《しっせき》に近い箕吉の口調に、与五郎はさすがに言葉を失った。

既に五十を過ぎている箕吉は、与五郎にとっては父親のようなものである。

「そりゃあ、おめえは、俺たちとは歳が離れてたから、親父たちのことはよく覚えてなくても無理はねえや。けどなぁ、親父とお袋が死ぬとき、なんて言い遺したかはまさか覚えてんだろ？」

「…………」

箕吉の口調は、叱責から、次第に慈愛に満ちたものに変わる。与五郎はいよいよ気まずさに拍車がかかり、口を閉ざしているしかない。

「ん？　まさか、忘れたわけじゃねえだろうな？　どうなんだ、与五？」

「忘れてねえよ」

与五郎は、不貞腐れた顔をプイと横に向けた。向いた先には、次兄の吉次郎がいる。いつもながら、大店の主人のような風貌をしている。落ち着いていながらも、鈍そうな感じは一切ない。その外貌どおり、兄弟の中では最も賢く、分別もある。いつまでも性根が据わらず、博奕で借金を作っては兄弟たちに泣きついてくる愚兄の晋三はもとより、その晋三を、両親と同じく依怙贔屓《えこひいき》する長兄の箕吉も好きではないが、吉次郎だけは別だった。

「『兄弟は、どんなときでも助け合わなきゃいけねえ。弟は兄に従わなきゃいけねえ』」

それまで黙っていた吉次郎が、銜《くわ》えた煙管《きせる》の灰を傍《かたわ》らの煙草盆《たばこぼん》の中にポンと落としてから、与五郎を見るでもなく、ぼんやり前を向いたままで言った。その容貌に相応しく悠然とした仕草、鷹揚《おうよう》な口ぶりだった。

「吉次の言うとおりだ」

だが、得たりとばかりに箕吉はたたみ掛けた。

「親父もお袋も、俺たち兄弟が仲良くやってくことだけを願って、あの世に逝《い》ったんだ。おめえがそんなふうに晋三を責めてると知ったら、親父もお袋も、きっと、草葉の陰で泣いてるぜ」

「別に、責めてるわけじゃねえよ」

与五郎は困惑した。

「親父とお袋の言いつけを守ってるからこそ、こうしてわざわざ江戸まで駆けつけてるんじゃねえかよ」

「そうだよ、与五。それでいいんだ」

満面に笑みを浮かべて箕吉は肯《うなず》く。

「兄弟で力を合わせて、晋三を助けてやらなきゃな。な、そうだろ、吉次」

「ええ、兄さん」

煙管の先に新しい葉を詰めながら、涼しい顔つきで吉次郎は答えた。

昔から口数が少なく、兄には逆らったことのない吉次郎だが、それは、兄の考えに心服しているというより、次男に生まれた己のさだめを諦め、仕方なく受け入れているようにも見えた。従容《しょうよう》とした吉次郎の横顔が、

「だから、お前も諦めろ」

と与五郎に告げていた。

これまで何度も何度も、吉次郎から投げかけられてきた言葉であった。無言ではあっても、与五郎の耳には聞こえていた。

だから与五郎は、

「わかってるよ」

口に出して答えた。決して箕吉の言葉に応えたわけではない。吉次郎の心の声に答えたのだ。だが箕吉は、

「よしよし、いい子だ。兄弟は仲良くしなきゃな」

すっかり調子にのっていた。

「さて、兄弟の気持ちが一つになったところで、こっからが本題だ。五百両の借金を返すにゃあ、どうしたらいい？　手っ取り早くすませて、早く上方に帰りてぇんだろ、

与五？　だったら、ちまちま稼ぐんじゃなく、でっけえヤマをふむしかねえよなぁ？」

「わかってるよ」

判で押したような与五郎の返答は、調子に乗った箕吉の、その饒舌に対してのものだった。

今更いやだと言ったところで、どうにかなるものではない。吉次郎のようにすべてを受け入れ、諦めてしまえば、きっと楽なのだろう。だが、そうなるためには、与五郎にはまだしばしのときが要りそうだった。

（どうせ俺は、本当の兄弟じゃねえからな）

口には出せないその一言を、心の中でだけ、与五郎は呟いた。できれば、吉次郎の心にだけは届いてほしいと願いながら。

与五郎らは苦労して大きなヤマを踏み、晋三の借金を返してもなお、おつりがくるほどの報酬を得た。

思えばそれがいけなかった。

「折角だから、しばらく江戸でゆっくりしねえか。兄弟水入らずで過ごそうぜ」

箕吉の提案に、

(冗談じゃねえや。のんびりしてたら、店が人手に渡っちまうんだよ)

内心激しく反撥しながらも、結局与五郎は逆らえなかった。

兄弟で吉原《なか》へあがったり、隅田川《すみだがわ》に船を浮かべたりしているうちに、瞬《また》く間にときは過ぎた。

そうこうするうち、晋三はまたもや同じことをした。

驚いたことに、兄弟たちの目を盗んで賭場通いをし、またしても借金を作ったのだ。

仕方なく、兄弟たちもまた、同じことをした。

危険を承知で再び大きなヤマを踏み、晋三の作った莫大な借金を、どうにか完済した。

(大坂に帰っても、もう俺の店はねえかもしれねえな)

絶望的な気分に陥り、大坂へ戻ることにもさほどの魅力を感じなくなっていた与五郎には、実はもう一つ大きな危惧があった。

なにしろ、大きすぎるヤマだった。それを、ほんの一月《ひとつき》ほどのあいだに二度も踏めば、必ずや、火盗や町方に目を付けられてしまう。

「ヤバいよ、兄ちゃん」

実は二度目のヤマを踏んだ直後、与五郎は兄たちに訴えた。

「火盗に嗅ぎつけられたらおしまいだ。こうなったら、三兄も一緒に、とっとと江戸からずらかろうぜ」

「馬鹿言うな。親父たちの遺してくれた家を捨てて行くってのか」

だが箕吉は取り合ってくれなかった。

「捨てるわけじゃねえよ。ほとぼりが冷めた頃、戻ってくればいいじゃねえか」

「家ってのはなぁ、住む者がいなくて何年も放置されたら、傷《いた》んじまうんだよ。何年も放っておけるかよ」

「じゃあ、どうするんだよ」

「大丈夫だよ。心配性だなぁ、与五は。火盗も町方も、なんにも嗅ぎつけられねえよ。いままでだって、ずっとそうだったろ。俺たちゃ、捕まりっこねえんだよ」

箕吉はどこまでも楽天的だった。

「吉次兄も、そう思うのかい？」

「まあ、晋三まで江戸を離れることはねえんじゃねえか」

楽天家の箕吉に合わせたのか、吉次郎はわざと暢気《のんき》そうな声をだした。

(まあ、三兄がどうなろうと自業自得だから、かまわねえんだけどよう)

与五郎としては、一刻も早く江戸を離れたかった。

だが、箕吉に全く危機意識がない以上、吉次郎とて自分一人で江戸を去るわけにはいかない。そして、長兄と次兄が去らない以上、与五郎もまた、自分だけ逃げ出すわけにはいかなかった。

そんな与五郎の危機感をよそに、晋三は相変わらず自由であった。

親の遺してくれたものを食い潰し、兄弟たちに苦労をかけても一向反省することもなく、まだ江戸に滞在している兄弟たちの目を盗んではこっそり出かけ、博奕をうっているようだった。

(あんな奴、いっそ博奕場で殺されちまえばいいのに)

と半ば本気で与五郎が思ったその日、晋三はこっそり出て行ったきり、終日家には戻ってこなかった。

四

「一体どうしたんだ、晋三の奴」

四十を過ぎた弟のことを、箕吉は本気で案じていた。

「あいつが黙って他所に泊まるなんて、はじめてだぞ。……馴染みの女ができたなら一言そう言えばいいじゃねえか。なぁ、吉次」

（あの馬鹿兄貴に、そんな気のきいたもんができるかよ）

与五郎は内心嗤《わら》っていたが、吉次郎もまた、

「或いは、博奕場のいざこざに巻き込まれたのかもしれねえな」

箕吉の杞憂を嘲笑《あざわら》うかのように涼しい顔つきで言った。

兄弟たちの──正確には箕吉の心配をよそに、翌日の昼過ぎ、酒臭い息の晋三が、機嫌よく帰宅した。

「酒飲んでたのか？」

「ああ、ご馳走になったんだ」

箕吉の問いに、悪びれもせず晋三は答えた。

「誰にご馳走になったんだ？」

「さあ……あ、そういえば、名前を聞くのを忘れちまった」

「お前、見ず知らずの人間にご馳走になったのか？」

「ああ、でも、いい人だったよ。顔は恐かったけど、優しい男だったなぁ。おっかねえ渡り中間《ちゅうげん》から、あたしを助けてくれたんだ」

「渡り中間？」

聞き慣れぬ言葉に反応し、与五郎は聞き返した。

「昨日は、武家屋敷の中間部屋に行ったんだ。いつも負けてばっかじゃ、兄ちゃんたちに申し訳ないだろ。だから、たまには儲けてやろうと思ったんだけど……その、バレちまって」

「バレちまったって、おめえ、まさかイカサマしやがったのか？」

「途中までは、うまくいってたんだけどなぁ」

「馬鹿野郎ッ、イカサマなんぞしやがって、バレたら、その場で半殺しにされても文句は言えねえんだぞ」

「でも、このとおり無事だったぜ、親切な人のおかげでさ」

箕吉が声を荒げているというのに、晋三はいつになく得意気だった。

二人のやりとりを内心馬鹿馬鹿しく思っていた与五郎は、だが中間部屋で、柄の悪い渡り中間相手にイカサマをしたという晋三の言葉に、

（三兄に、そんな度胸があったのか？）

少々刮目《かつもく》する思いであった。

一人の男が、兄弟の住む家を訪ねてきたのは、更にその二日後のことである。

「もうし――」

来訪者の声と戸口を叩く音がしたとき、晋三は厨《くりや》に立ち、兄弟たちのために遅めの朝餉《あさげ》を作っていた。誰が決めたわけでもないが、彼らの母親が病床に就くようになってからというもの、男所帯の食事の世話は晋三の仕事となっている。誰にでも取り柄の一つくらいはあるもので、晋三は意外に料理が上手だった。

「誰だろうな、いま時分――」

濡れた手を前掛けに拭いつつ、晋三はそそくさと台所を抜け玄関口に向かった。

この家には、晋三が一人で住んでいることになっている。近所の者が、なにかお裾分けでも届けに来てくれたのだとしたら、見馴れぬ者が無闇に応対しないほうがいい。

「あ、お前さんは――」

門口に立って戸を開けた晋三は、そこに立つ喜平次を見ると、反射的に笑顔になり、

「この前は、すっかりご馳走になっちまって、すまなかったね」

機嫌をとる口調で言った。

（誰だろう）

柱の影から、与五郎はこっそり盗み見ている。

彼らが江戸に来てから、この家を訪れる者など殆《ほとん》どいなかった。たまに近所の百姓が野菜を届けてくれたりするが、彼らは大抵勝手口から入ってくる。玄関を訪《おとな》う者は、与五郎の知る限り、はじめてだった。

興味津々《しんしん》で覗き見て、

(なんて人相の悪い男だ。とても、堅気には見えねえ)

喜平次をひと目見るなり、震え上がった。

「で、どうして、ここへ？」

「教えてくれたじゃねえか。家は内藤の、戸田越前守様のお屋敷の近くだって。すぐにわかったぜ」

「そ、そうかい」

凄みのある喜平次の笑顔を見るうち、晋三はさすがに多少の不安を覚えたのだろう。彼の腕っ節の強さは、先日目《ま》の当たりにしているのだ。

「別に飲み代を請求しに来たわけじゃないから、安心しろよ」

晋三の不安にすぐに気づくと、喜平次は明るく笑い飛ばすが、笑えば笑うほど、凄みが増すのがこの男の笑顔だ。

「わ、悪いね。助けてもらった上に、酒までご馳走になっちまって……」

「いいってことよ。そのかわり、ちょっと頼みがあるんだがな」

「た、頼みって、あたしにかい？」

「ああ、立ち話もなんだ。上がらせてもらうぜ」

と強引に中へ押し入ろうとする喜平次の前へ、だが、

「ま、待てよ」

与五郎が飛び出し、立ちはだかった。

当然、晋三を背後に庇う形になる。

「あ、あんた、誰だよ。人の家に勝手に入ってくるんじゃねえよ」

奮い立たせて言ってはみたが、その声音は本人が思う以上に震えていた。

「誰って、晋三さんの知りあいだよ。いつでも遊びに来てくれ、って言われたから、こうして遊びに来たんだよ」

「そうだよ、与五郎、この人はあたしの恩人なんだ。失礼なことを言うもんじゃない」

晋三は与五郎の肩に手をかけ、やんわりと引き戻した。手もなく引き戻されながら、晋三の手に込められた意外な力強さに、与五郎は内心驚いていた。

「すまねえな。末の弟なんだ」

「そうかい。俺は喜平次ってんだ。別にあやしいもんじゃねえ。兄さんに、いや、兄さんも含めてあんたたちに話があってな」

「………」

「邪魔させてもらってもいいかい?」

与五郎は答えず、喜平次は返事を待たずに草履《ぞうり》を脱いで家にあがった。

「あ、兄貴たちに紹介するよ。……さ、入ってくんな。ちょうどよかった。いま、飯を作ってるとこなんだ。喜平次さんも食べてってくれよ」

「そいつはすまねえな」

晋三に誘われながら家の奥へと通される喜平次の後ろ姿を、呆気にとられて与五郎は見送った。

(あの男、絶対堅気じゃねえ。何者なんだ)

言い知れぬ不安が、与五郎の背筋を、知らず知らず凍らせた。

五

箕吉と吉次郎を紹介され、盃をかわし合うまでのあいだにも、この兄弟たちの面倒くささは充分に察せられた。

だから、無用の時を費やす必要もないと思い、

「あんたたちが、《霞小僧》なんだよな？」

単刀直入に、喜平次は問うた。

その瞬間、兄弟たちの顔色が——長兄の威厳を保とうと殊更《ことさら》無表情でいた箕吉も、涼しい顔で煙管《きせる》を銜《くわ》えていた吉次郎も、当然与五郎も、一様に激変した。

少し遅れて、晋三の顔色も勿論変わった。

一瞬だけ赤くなり、次いで血の気を失い見る見る青ざめてゆく兄弟たちの顔を見ているだけで、こちらのほうがなにか途轍《とてつ》もなく悪いことをしているような気になるから不思議であった。

「何者だ、てめえッ」

先ず与五郎が吠えるようにひと声叫んだ。

「やめろ、与五」

箕吉が、長兄らしく末弟を窘《たしな》めた。

「だって兄ちゃん、こいつ、火盗のまわし者だぜ」

「だからって、晋三を助けてくれた人に、失礼な口をきくんじゃねえ」

「なに言ってんだよ、兄ちゃん。それだって、俺たちをお縄にするための罠だったんだよ。だからあれほど、言ったじゃないか。俺たち、もうとっくに目ぇつけられてたんだよ。さっさと江戸からずらかるべきだったんだ。もう、おしまいだよ」

「狼狽《うろた》えるんじゃねえ、与五」

「狼狽えるに決まってんだろ。こんなとき狼狽えねえで、いつ狼狽えるってんだよ。もうすぐ捕り方がこの家に押し寄せてくるよ」

狼狽え、荒れ狂う与五郎の言葉に、箕吉も吉次郎も、もとより晋三も、口を噤むしかなかった。

「どうするんだよぉッ」

与五郎は更に吠えた。

しばしの沈黙が流れたので、いい潮だと思い、喜平次が次の言葉を述べようとするより一瞬早く、

「おめえは逃げろ、与五郎」

それまで黙っていた吉次郎が、突然信じ難い言葉を吐いた。

「え？」

「いまならまだ間に合う。捕り方が来る前に、ここから逃げろ。おめえ一人なら、逃

げられる。俺たちもときを稼いでやる」

「な、なに言ってんだよ、吉次兄」

戦《おのの》いた顔で、与五郎は吉次郎を見た。

「そんなこと、できっこねえだろ」

「いや、吉次の言うとおりだ。おめえは逃げろ、与五」

だが、少し間をおいて、箕吉も吉次郎の言葉を肯定した。

「血のつながりのねえおめえが、俺たちの巻き添えになることはねえんだ」

「おめえは、親父の昔の仲間で、火盗のお縄になり、獄門にかけられた《十六夜《いざよい》》の伝二郎《でんじろう》って人の子だ。お袋さんも早くに亡くなってたから、親父が引き取ったんだ」

「な……」

遂に決定的な言葉を告げられて、与五郎は絶句した。

物心ついてから二十年以上、密かに疑い続けてきたことが真実であったと、ここへ来てあっさり知らされた。よりによって、こんなときに。昨日までは、知りたくて知りたくて仕方なかったくせに、いざ知らされると、途方に暮れるしかない。

途方に暮れ、また激しく混乱し、そしてその混乱が極まったとき、

「なに言ってんだよ」

人は心にもないことを言い出すものだと、傍観していた喜平次は知った。

「血のつながりがなんだってんだよ。俺は、兄ちゃんたちの弟じゃねえのかよッ」

両頬も両目も真っ赤にして、与五郎は喚《わめ》いた。自らの言葉に、自ら感動しているであろうことは間違いなかった。

「与五」

弟を見つめる晋三の目にも、見る見る涙が滲《にじ》んでいった。

「すまなかったね、あたしのせいで、こんなことになっちまって――」

「いいよ、三兄のせいじゃないよ」

また心にもないことを、与五郎は言った。

「いや、おめえは逃げるんだ、与五郎」

「そうだ、与五、おめえは生きのびてくれ」

「畜生――ッ」

与五郎が不意に立ち上がり、それまで黙って見守っていた喜平次のほうに向き直った。

「逃げるなら、みんなで逃げようよ。こいつをぶっ殺して、いますぐここからずらかるんだよッ」

「なに言い出すんだ、与五」

「そうだぞ、ぶっ殺すなんて、そんな物騒なこと、冗談でも口にするもんじゃねえ」

「しょうがねえだろ。いまはそれしか逃げる手だてがねえんだから」

「だったら、いっそ、こいつを人質《ひとじち》にとるってのはどうだ？　人質をとれば、火盗だって、容易には踏み込めねえぜ」

「こいつはただの使いっ走りだよ。火盗は情け容赦ねえから、使いっ走りを人質にとられたって、平気で踏み込んでくるよ。人の命なんざ、屁《へ》とも思ってねえんだよ」

「ちょっと、いいかい」

兄弟の会話の内容が自分にも関係してきたので、喜平次はやむなくそこに割り込んだ。本当はもう少し、彼らの話を聞いて愉しみたかったのだが。

「俺は、火盗の手先じゃねえし、おめえたちをお縄にしようと思って来たんじゃねえよ」

「じゃあ、なんなんだよ、てめえはッ」

すかさず、与五郎が言い返す。

兄弟たちから一様に瞋恚《しんい》の目を向けられながらも、顔色を変えずに喜平次は言った。

「同業者だよ」

「え？」

「《旋毛《つむじ》》の喜平次って、ケチなこそ泥さ。伝説の大泥棒《霞小僧》の噂を聞いて、どうしても会いたくて、捜し回っていたんだよ」

兄弟たちは、しばし呆気にとられて喜平次を見つめた。その無防備な顔つきを見返しながら、

（こいつら、根っから善人なんだなぁ）

と確信した。

貧乏人に銭金をばら撒くというような売名行為こそおこなっていないが、押し入っても一人の死者も出さず、盗んでも、盗まれた側の身代が傾くほどの非道な盗みはしない。狙うのは常に、多少盗まれても困らぬ富裕な家だけ。それが、喜平次の知る《霞小僧》のやり方だった。

そんな《霞小僧》の、花も実もある盗み方こそは、盗っ人になってからの、喜平次の憧れだった。もしかしたら、噂はただの噂にすぎず、伝説にはなんの実体もないのかもしれない。花も実もある《霞小僧》なんてものは、あり得ぬ幻なのかもしれない。

それでも喜平次は、心の何処かで、《霞小僧》の存在を信じていた。信じたかった。

「じゃあ、おめえは、なんで俺たちに会いたいと思ったんだ？」

兄弟を代表して、長兄の箕吉が喜平次に問うた。否定もせず、こちらの腹をさぐろうという気もない、直截《ちょくせつ》な問いだった。

だから喜平次も、直截問い返した。

「先月と先々月、札差の金蔵から千両箱を盗んだのはあんたたちかい？」

「そうだよ」

事も無げに、箕吉は答えた。

「でも、もう金は使っちまって、殆ど残ってないぜ」

「あんたら四人で、忍び込んだんだよな？」

「それがどうした？」

探るような目つきで、箕吉は問い返した。

この期に及んで、はじめて駆け引きをするつもりらしい。喜平次は内心苦笑しながら、

「聞かせてくれよ」

兄弟たち一人一人の顔をじっくり見つめ、

「用心棒百人雇ってる札差の金蔵から、まんまと千両箱を盗み出したときの話をさ」

懇願する口調で言った。駆け引き抜きの、本心からの言葉であった。自ら口にした

とおり、喜平次には彼らを捕らえさせるつもりはない。寧《むし》ろ、逆だ。できれば、逃がしてやりたい。

それが喜平次の本音であった。

第四章　暗　雲

一

江戸中を震撼《しんかん》させる事件が起きた日の朝、重蔵は珍しく朝寝坊をした。

その日は非番だったため、前夜お京のところで、喜平次を相手に深酒したのだ。それというのも、喜平次の話が面白すぎて、聞き入るうちに、つい過ごしてしまった。

夜半、どのように帰宅したか、記憶にない。

下男の金兵衛《きんべえ》に雨戸を開けられるまで目が覚めず、目が覚めてからもなお、布団のなかでうとうとし続けた。

枕から、なかなか頭が上げられないのは、相当疲れがたまっているせいかもしれない。

(世の中いろいろだな)

うとうとしながら、昨夜の喜平次の話を思い出していた。

(俺も、相当いろんな科人《とがにん》を見てきたつもりだったが……)

喜平次の話を、もとより半信半疑で重蔵は聞いた。

童《わらべ》のように直《す》ぐな心をもった盗っ人兄弟の話は、自分とは無縁のお伽噺《とぎばなし》と思って聞いているぶんには面白いが、札差の金蔵から見事に千両箱を盗んだ下手人《げしゅにん》となれば、話は別だ。

「お縄にしますか?」

喜平次に問われ、重蔵は答えを躊躇《ためら》った。

重蔵は奉行所の与力だ。罪人を見つけたら捕らえるのが当然だ。

だが、その兄弟が、本当に喜平次の言うような者たちなら、お縄にするのはしのびない。

そんなことをつらつら考えていると、

「旦那さま、まだおやすみですか?」

襖《ふすま》の外から、金兵衛が声をかけてきた。

「なんだ?」

「奉行所の吉村さまがいらしてるんですが」

「吉村が？」

「ええ。なんでも、急ぎのご用みたいでして。……でも、まだおやすみでしたら、そうお伝えいたしますが」

「いま何時《なんどき》だ？」

「へえ、そろそろ巳《み》の下刻《げこく》になりますが」

「なに、もうそんな時刻か」

重蔵は慌てて飛び起きた。

「吉村さまにはお帰り願いますか？」

「ま、待て、金兵衛」

金兵衛の言葉に、重蔵ははじかれたように起きあがり、襖《ふすま》を開け放った。

「はあ？」

掃除の途中であったのか、ハタキを持った金兵衛が、きょとんとして重蔵を見返す。

「すぐに朝餉を召しあがりますか？」

近頃老齢のせいか、金兵衛は少々耳が遠くなってきたようだ。

「いや、朝餉はいいから、吉村を居間にとおして、茶でも出しておけ。すぐに行くから」

「かしこまりました」

金兵衛はのたのたと玄関のほうへ向かって行ったが、

「いえ、お茶は結構です。急ぎ、お耳に入れたいことがあり、参上いたしましたぁ」

玄関のほうから、すぐに吉村の返答があった。

与力といっても、それほどたいした屋敷に住んでいるわけではない。耳の遠い金兵衛に言い聞かせるため音量をあげた重蔵の言葉は、玄関で待つ吉村の耳にもしっかり届いた。

「すまん。いま行く」

寝乱れた寝間着の前を手早くかき合わせながら、重蔵は自ら玄関へと急いだ。

「なんだと？」

思わず問い返してしまったのは、吉村の言葉を疑ったわけではなく、寝起きの自分の頭が呆《ぼ》けているのではないかと不安になったからにほかならない。

「昨夜板倉屋の金蔵が襲われ、千両箱が根こそぎ奪われました」

同じ言葉を二度繰り返す羽目になった吉村はさすがにいやな顔をしたが、それでも同じ言葉を繰り返してくれた。

「本当か？」

「ええ、残念ながら」

暗い面持ちで、吉村は応じる。

「根こそぎって、一体いくつだ？」

「さあ…主人も動顛《どうてん》しちまって、よく覚えてねえらしいんですが、まあ、ざっと見積もっても、五、六十ってとこですかね。あの金蔵にめいっぱい入ってたとすれば
——」

「用心棒はなにやってたんだ？ 目録以上の腕前の用心棒たちは」

「それが、どうやら用心棒連中が手引きしたらしいんですよ」

「なに？」

問い返しながら、重蔵は己の体から血の気がひいていくのを感じていた。

「この前千両箱一つを盗まれてから、板倉屋は、それまで雇ってた用心棒を、全員辞めさせたそうですよ」

「え？」

「それで、新しく雇い入れたそうなんですが、つまりそいつらが、盗賊一味のまわし

者だったんですね」

「………」

すっかり血の気を失った重蔵は、そのとき軽い眩暈《めまい》をおぼえた。

板倉屋が用心棒を解雇したのは、先日の盗みの手引きをした者が用心棒の中にいたのではないかとの疑心暗鬼にとらわれたからにほかならない。そして、板倉屋にそんな疑心を吹き込んだ張本人は、誰あらん、重蔵ではないか。

「そ、それで、板倉屋はどうしてる？」

「どうもこうも……半狂乱ですよ。まともに話を聞けそうにないんで、一旦引き上げてきました。それで、戸部さんのお耳にも入れておこうかと思いまして」

「そうか」

重蔵の脳裡に、板倉屋の主人・仁三郎の痩せぎすな顔が浮かんで消えた。

「あ、お奉行への報告なら神山《かみやま》さんにでもお願いしますから、お気になさらず。戸部さんは今日は非番なんですから。……本当は、わざわざ知らせに来るべきじゃなかったんですが——」

「いや、知らせてくれて、ありがとうよ。板倉屋の様子を見てから、奉行所に行くよ。お奉行へは俺から報告する。おめえはまだ戻らずに、目明かしを連れて聞き込みにまわったほうがいいだろう」

「そうしていただけると、助かりますが」

日頃無愛想な吉村の表情が、チラッと弛《ゆる》んだ。はじめから、そのつもりで来たのに相違ない。

神山源左衛門《げんざえもん》は、重蔵よりもずっと古参の与力で、代々世襲によってその職を継いでいる、大身の旗本だ。殆ど現場に赴いたことはなく、ほぼ終日奉行所の与力詰所にいる。齢六十。現場に赴かないため、同心からの報告をそっくり口写しに伝えることしかできず、奉行からなにか質問されても弱々しく口ごもるだけで、まともに答えることはできない。

当然奉行は不機嫌になる。

これほどの大事件だ。どっちにしても奉行は不機嫌になるだろうが、現場を知らない神山の報告では、その不機嫌に拍車がかかることは必定《ひつじょう》だった。

茶など要らないという吉村を無理矢理座敷に上げて一服させているあいだに、重蔵は手早く身支度をした。髭《ひげ》を当たり、髪を直して口を嗽《すす》ぎ終えるのと、吉村が、出された茶を喫し終えるのとが、ほぼ同時であった。

「待たせちまって、すまねえな」

「いいえ」

重蔵と吉村は、しばし並んで八丁堀の組屋敷街を歩いた。

板倉屋へ行くにあたり、吉村から、もう少し詳しく聞いておきたいことがあったのだ。

空っぽの金蔵の中を見た瞬間、重蔵はかなり衝撃を受けた。

少し前に見たときは、千両箱が、それこそ天井に届くほどの迫力で積まれていた。そのときの印象が強いため、余計そう感じるのだろう。

予《あらかじ》め知っていてさえ、そうなのだ。

なにも知らず、扉を開けて中を一瞥《いちべつ》した瞬間の主人の驚きが如何ばかりであったかは、最早想像の域を遙かに超えている。

蓋《けだ》し、悪い夢を見ていると思ったことであろう。それから徐々に——ゆっくりと、それが悪夢ではなく、現実であることを知る。狂乱したに違いない。夢ならば覚めてくれ、と願いながら大声を出し、人を呼んで……家族や店の者が駆けつけ、やがて目明かしや役人も駆けつけ……。

彼らは挙《こぞ》って、なにが起こったのかを主人に訊ねただろう。

果たして主人は、上手《うま》く答えられたろうか。

「…………」

（答えられるわけがねえ）

主人の気持ちを思うと、重蔵の胸はいまにも引き千切れそうに痛んだ。

札差とは元々、旗本・御家人たちが幕府から支給される米を受け取り、それぞれの屋敷まで運搬する、輸送業者であった。それが、いつのまにか、米を担保に武家に金を貸す金融業者の様相を呈するようになった。

金融業者にとっての金は、通常の商家にとってそれが、商品を仕入れるための「元手」であるのとは違い、「商品」そのものだ。いや、ある意味、「元手」であり、即ち「商品」であった。そういう特殊な商売の方式は、単純であるが故に、上手《うま》くいっている間は莫大な利益を得ることができる。

だが、その「商品」であり尚かつ「元手」でもある金を、一夜にしてすべて失ったら、どうなるか。

板倉屋は、一夜にして身上《しんしょう》のすべてを失った、といっていい。

入り婿《むこ》の主人が、正気でいられるわけがなかった。

「仁三郎はどうしてる？」

「それが……到底人前に出られるありさまではございませんので、おゆるしくださ
い」

主人に代わって重蔵を出迎えた番頭の六助《ろくすけ》が、忽ち顔を曇らせた。

六助は、既に初老といっていい年頃で、おそらく先代から板倉屋に奉公しているものと思われた。

番頭格となった者たちすべてが暖簾分けを許されるものではないし、寧ろ自ら独立を望まず、気楽なお店勤めを望む者も少なくない。札差のように、通常の商家とは一線を画する業種にあっては、特にその傾向が強いだろう。なにより、株仲間に入っているような力のある札差ならば、ちょっとした小大名を上回る財力があると言われている。給金も、相当なものだろう。そんな好待遇を捨ててまで独立したいと思う者は、滅多にいない。独立して自ら店を持っても、必ず成功するとは限らないからだ。

六助も、大方その口だろう。皺の多い、苦労の多そうな顔つきの中には、だが主家のことなら、自分はなんでも知っている、という自信が漲《みなぎ》っていた。

「とにかく、あれだけの数の千両箱を一度に運び出したんだ。なんの形跡も残してねえってことはない。捜す手だてがないわけじゃねえんだ。あんまり力を落とさねえよう、仁三郎に言っといてくれよ」

「はい、伝えておきます」

深々と頭を下げながら、だが六助の目の中には、僅かの信頼の色も見られなかった。失われたものが戻るわけはない。長年の商売の経験が、そう思わせるのだろう。

（まあ、無理もねえけどな）

重蔵とて、信じてもらいたくて言ったわけではない。気安めであることは、本人が最もよく承知していた。

二

矢部定謙は、最後まで黙って重蔵の言葉を聞いていた。

いつものように、書見台の書物の字面《じづら》を目で追うこともなく、終始静かに目を閉じて、重蔵の話す一語一語にじっと耳を傾けていた。

そしてすべてを聞き終えてからも、しばらくは言葉を発せず、目を閉じたままでいた。

（まさか居眠りしてるわけじゃねえよな？）

重蔵が疑いたくなったとき、

「板倉屋というのは、株仲間の起立人《きりゅうにん》の一人だったな」

漸《ようや》く重い口を開いて言った言葉は、重蔵の予想だにしないものだった。

「は、はい」

札差の株仲間が結成されたのは遡《さかのぼ》ること、享保《きょうほう》年間のことである。浅草蔵前の札差総勢一〇九人が奉行所に願い出て許され、それ以後、札差の稼業は一〇九人の株仲間による独占営業となった。株仲間に加盟した者以外、新規に札差をはじめることはできなくなったのである。

後年、札差株を譲渡、或いは売却して廃業したり、商売の不振による欠落《かけおち》、中には処罰をうけて株を召し上げられる者もあって、株仲間の数は、結成当時の一〇九からは確実に減っている。一時は七九人にまで減ったが、その後屢々《しばしば》金銭による札差株の譲渡がおこなわれ、再びその数は増えた。

しかし、寛政《かんせい》年間に発布された棄捐令《きえんれい》が、多くの札差に打撃を与えると、進んで札差株を買う者は確実に減った。さすがは百戦錬磨の株仲間であり、廃業に追い込まれる者が続出することはなかったが、わざわざ千両株を買ってまで新たに札差をはじめようという者はいなくなったのだ。

ために、札差株の移動は殆どなくなり、以後今日まで、株仲間は、ほぼ九六という人数に落ち着いた。

享保期から、屋号もそのままに長く営業を続けている老舗《しにせ》の札差は、株仲間の中では起立人として最も重んぜられる家柄である。

仲間内での発言力も、当然強い。

だがそのことが、

（今回の押し込みに、なにか関わりがあるのか？）

重蔵は訝《いぶか》った。

「板倉屋は、前回盗みに入られた後、長年雇っていた用心棒を全員解雇し、新たな者を雇い入れた。そして、新たに雇われた者たちこそが、賊の手先であった。もし、用心棒の入れ換えがなければ、此度《こたび》の事態は出来《しゅったい》しなかったのだ」

それを言われると、重蔵には一言も返す言葉が見つからなかった。主人が用心棒たちを疑うように仕向けてしまったのは、ほかならぬ重蔵自身だ。だが、

「ということは、前回の盗みは、此度の盗みを行うための下準備であったといえよう」

「あ……」

矢部の言葉で、重蔵ははじめてそのことに思い至った。

迂闊《うかつ》であった。軽い気持ちで自分の発した言葉が、大変な事態を引き起こしたことに狼狽《うろた》え、完全に思考が停止していたらしい。

この計画を立てた者は、少なくとも、板倉屋の主人の性格を熟知していた。吝《しわ》さも、用心棒が手引きしたかのような盗みをおこなえば、吝いことでは三国一と噂される主人のことだ。高い報酬を支払って盗っ人の手先を雇っていることが馬鹿馬鹿しくなり、解雇してしまうだろう。前の用心棒がごっそりいなくなった後なら、用心棒に仕立てて手下《てした》を送り込むのは容易い筈だ。

「だいそれたことを企むものよのう」

「…………」

「板倉屋が身上《しんしょう》を失えば、どうなると思う？」

「それは……」

虚を突かれて、重蔵は口ごもる。

「板倉屋に、蔵米の受取と換金を任せている旗本・御家人が、即ち糧《かて》を失って路頭に迷う、ということだ」

淡々として矢部は述べたが、重蔵は更に衝撃を受けた。

札差の欠落は、たんに、その家が破産するだけにとどまらず、札差に生活の糧のすべてを握られている武家にも深刻な影響を及ぼす。だからこそ札差は、腕の立つ用心棒を何人も雇い、鉄壁の守りを固めるのだ。

「お奉行は……」

「ん？」

「先の千両箱一つの盗みのときから、今日《こんにち》のことを予見しておられましたか？」

と喉元まで出かかる問いを、重蔵は懸命に飲み込んだ。

今更問うたとて、詮ないことだ。それに、予見できていれば、もっと気をつけるよう、配下に言いつけたはずだ。

（だが、俺は予見すべきだった。これは俺の失態だ）

そう思うと、重蔵には最早そこに畏《かしこ》まっていることさえも苦痛であった。

一刻も早くここを辞して、向かいたい場所があったのだ。

（最初の盗みが、板倉屋の身上を根こそぎ奪うための下準備だとしたら、最初の盗みをはたらいた奴ら——つまり、《霞小僧》もグルってことだ）

そのことが、珍しく重蔵を昂ぶらせていた。

「ちょ、ちょっと待ってくださいよ、旦那」

重蔵のあとを慌てて追いながら、喜平次は何度もその背に呼びかけた。

だが重蔵は彼の呼びかけに一切答えず、一途に先を急ぐ。

足の速さなら、《旋毛《つむじ》》と異名をとった喜平次の敵ではない筈なのに、今日の重蔵の歩きはさながら疾風のようで、さしもの喜平次にもなかなか追いつけない。

「いまから行ったって、あいつら、もう、あの家にはいませんよ。とっくにずらかってますよ」

それでも喜平次は、懸命に重蔵の背に言い募った。

(そうだよ。いくらあいつらだって、もうとっくにずらかってるさ)

内心ではタカをくっていながらも、それをおくびにもださずに、喜平次は重蔵のあとを追う。

先刻、珍しく息を荒げた重蔵が、お京の家へ来た。幸いお京は出稽古に行っていて、家には喜平次一人だった。

重蔵は、声もかけずに戸を開けると、勝手に部屋の中まで上がり込んできた。

そして襖を開くなり、長火鉢の前で煙管《きせる》を銜《くわ》えて寛《くつろ》いでいた喜平次に向かって、

「おめえの目は節穴かッ」

激しく叱咤した。はじめてのことだった。

喜平次は驚き、閉口した。

重蔵の怒りの理由がさっぱりわからなかった。昨夜重蔵と深酒をして、彼が帰ったあとも、お京を相手に更に飲んだ。

「但馬屋《たじまや》のお嬢さんのとこへ出稽古に行くから、留守番頼んだよ」

というお京の言葉で目を覚ましたのが、午《うま》の下刻。未だ一歩も外には出ていないため、今日一日江戸のまちを賑わせている読売《よみうり》（瓦版《かわらばん》）のネタも知らなかった。だから、

「なんですか？」

重蔵が無言で投げてきた読売の見出しを一瞥して、さすがに喜平次は顔色を変えた。

「板倉屋に、盗っ人？」

どうせ面白可笑《おか》しく書きたてているだけなので、中身は読む必要もなさそうだが、その見出しだけで、重蔵の怒りの理由は充分に理解できた。

「内藤の、戸田越前守の隣の家だったな？」

念を押してから、だが喜平次の答えは待たず、重蔵はさっさとその場を立ち去った。

「待ってくださいよ、旦那！」

喜平次の叫びは聞こえていただろうが、重蔵は聞く耳を持たなかった。喜平次は慌てて身繕いをし、重蔵のあとを追った。お京から留守番を頼まれていることは、瞬時

に頭から消し飛んだ。

とにかく、いまは重蔵とともに行かねばならないという思いが、喜平次を突き動かした。喜平次がすっかり身繕いを整え、路地から通りへ飛び出したときには、既に重蔵の姿は遠く去りつつあった。

が、そこは《旋毛》の喜平次、重蔵が橋を渡る前に易々と追いついた。

仮にそこで追いつけずとも、行き先はわかっているので、何れ《いず》は追いつけたであろうが。

「あいつらは……《霞小僧》は、同じお店に二度は入りません。昨夜板倉屋に押し入ったのは、あいつらじゃありませんよ」

「そんなこたあ、わかってるよ」

振り向きもせずに、重蔵は言った。

「じゃあ、なんで——」

僅かも足を止めてくれないので、少し逡巡したり、言い淀んだりしていると、忽ち距離をあけられてしまう。

「旦那ッ」

仕方なく、喜平次は足を速めた。

とはいえ、内藤までの道のりは長い。

重蔵もところどころでは足を弛め、喜平次の問いに答えてくれた。

「そうですか、板倉屋は前の用心棒をやめさせてたんですか」

それで重蔵の言いたいことはよくわかったが、喜平次には喜平次の言い分もある。

「ですがね、旦那、あいつらが、一味を手引きしたと思ってるなら、お門違いってもんですよ。だいたい、あいつらもうとっくに江戸からずらかってまさあ」

「さあ、どうだかな」

重蔵の足どりが妙にしっかりして、確信に満ちていることを、喜平次は奇妙に感じた。

（おかしいな。旦那はあいつらの家を知らねえはずだが）

喜平次は重蔵のあとを追っているだけで、道順を教えてはいない。

確かに、内藤方面に出る大木戸は一つだから、大木戸を出るまでなら、それもわかる。だが重蔵は、大木戸を出てからも、歩き慣れぬはずの畦道《あぜみち》を、少しも迷わずに進んでいく。いくら仕事熱心な《仏》の重蔵と雖《いえど》も、日頃大木戸の外まで見廻ってはいないだろう。

（さては、青次の野郎だな）

ということに思い至るまで、察しのよい喜平次にしてはしばしの時を要した。

それだけ青次を信頼していたともいえるし、

(野郎、あれほど旦那には言うんじゃねえ、と言ったのに)

青次が自分を裏切るわけはない、となんの根拠もなく信じ込んでいたこともある。

(あの野郎、今度会ったら、ただじゃおかねぇからな)

なまじ信じていただけに、裏切られた怒りは大きかった。

そんな喜平次の気持ちをよそに、重蔵は的確な足どりで戸田越前守の屋敷を目指し、ほどなく、その茅葺《かやぶ》きの家の前に立った。

(まさか、いねえよな?)

喜平次がこの家を訪れ、一日も早く江戸を出るように勧めてから、もう三日も過ぎている。まさか、いるわけがない。いや、

(頼むから、いるなよ)

と喜平次は祈った。

喜平次の願いに応えるように、家の雨戸はすっかり閉まっている。

重蔵は戸口の前に立ち、しばし考え込んでいたが、やおら板戸を蹴破った。

「え?」

喜平次は仰天《ぎょうてん》した。

まさか重蔵が、そんな乱暴な真似をするとは夢にも思わなかったのだ。

しかも、板戸を蹴破ると同時に重蔵は、佩刀《はいとう》を鞘ぐるみ腰から外し、利き手に持ち替えている。刀を手にして家の中に入っていく重蔵を、呆気にとられて見送ってから、

「あ、あの、旦那――」

喜平次は慌てて彼のあとを追った。

家に踏み込む際の重蔵の形相は、到底《仏》と呼べる代物《しろもの》ではなかった。重蔵とて人間である以上、怒りもすれば、嘆きもする。

だが、そんな重蔵の表情を見るのは、喜平次にははじめてのことだった。

（まさか、奴らを斬る気かよ？）

喜平次は戦《おのの》いた。

土足のまま上がり込んだ重蔵は、喜平次のほうなど見向きもせず、薄暗い家の中をなおぐいぐいと進んで行く。

そして、入口を入ってすぐの部屋の、襖の前に立った。

「だ、旦那ッ」

喜平次が思わず叫ぶのと、重蔵が、手にした刀のこじりの先を襖と柱のあいだに突

き入れるのとが、ほぼ同じ瞬間のことだった。

重蔵はかまわず、刀で襖をこじ開ける。ストッ、と小気味よい音をさせて襖は滑り、全開となった。

その一瞬。

喜平次は息を呑み、

「お、おめえら、なんで、いるんだよ」

次の瞬間、思わず口走っていた。

重蔵が部屋の襖を開け放つと、まだ外は明るいというのに、中にはぼんやり灯りが点《とも》っていた。雨戸を閉め切っているのだから、当然なのだが、そういう不健康さは、彼らには相応《ふさわ》しくない。如何にも悪党の隠れ家めいた雰囲気が、重蔵の怒りの火に油を注ぐのではないかと、喜平次は気が気でなかった。

薄暗い中で、兄弟たちはいつもと同じ席順で座り、酒を酌《く》んでいる。箱膳には、晋三が作ったものか、何種類かの肴《さかな》も並んでいた。

「え？」

入口に近いほうから、与五郎、晋三、吉次郎、箕吉という順に座っていた四人は、驚いて、一斉にこちらを振り向いた。

「あれほど、早く江戸からずらかるように言ったのに、なんでまだ、いるんだよ」

喜平次は思わず、呆《あき》れ声をだす。

「だから、明日にはずらかろうと──」

「暫《しばら》く江戸を離れるから、親父とお袋の墓参りに行って来たんだよ」

「ここから半里ほど西へ行ったところに、順正寺《じゅんせいじ》って、曹洞宗《そうとうしゅう》の寺があるんだ」

「商いのためにしばらく江戸を留守にするから、よろしくお願いしますって、ちゃんと住職に挨拶してきたんだぜ」

「そんなこたぁ、どうでもいいんだよッ」

兄弟たちが口々に言うのを、喜平次は怒声で遮《さえぎ》った。

「どうでもよかねえよ。いままでは、三兄がしっかり月命日にお参りしてくれてたけど、これからはそれもできなくなるんだから、挨拶しとくのは当たり前だろ」

末弟の与五郎が、すぐさま口を尖らせて反論すると、

「俺たちが来れねえあいだ、墓に雑草なんか生やさねえように、寺男たちにも心付けをやって、よく頼んできたんだよ。そしたら、すっかり遅くなっちまってなぁ。……夜の旅立ちは縁起が悪いっていうだろ。だから、今夜は早く寝て、明日の朝早くに発とうと思ってたんだよ」

長兄の箕吉が、心得顔で話をまとめる。

喜平次には最早、それに言い返すだけの気力はなかった。

ただ、救いを求める目で、未だ一言も口をきかぬ重蔵を見た。そして、少しく安堵した。重蔵の顔つきは、最前家に入る際の険しいものからは一変している。

《仏》の重蔵……)

その呼び名に相応しい、慈愛に満ちた笑顔がそこにあった。だが、

「悪いが、その旅立ちは当分先延ばしだなぁ」

仏の微笑を浮かべながら、口にしたのは地獄の獄卒の如き言葉である。

兄弟たちは、それではじめて重蔵の存在に気づいた。

「だ、誰だよ」

「そ、そのお侍はなんだよ」

「まさか、火盗《かとう》の役人……」

「あんた、火盗の手先じゃないって言ったじゃねえか。欺《だま》しやがったのか」

「火盗じゃねえよ」

仕方なく、喜平次は言った。だが、すぐに続けて、

「火盗じゃなくて町方だよ」

と正直に打ち明けるべきか否か、逡巡した。もし言えば、やはり彼らを「欺した」ことになるのではないか。喜平次にはそれが気がかりだった。自分が密偵《いぬ》だということを、できればこの兄弟たちには知られたくなかった。

三

話を聞くのは、やはり重蔵のほうが数段上手だった。

奉行所の与力と聞いて、最初のうちこそ、

「役人なんかに、話すことはなにもねえよ。お縄にしたけりゃ、とっととしろよ！」

と虚勢を張っていた兄弟たちも、

「話したくなきゃ、別に話さなくていいよ。どうせおめえたちをお縄にしても、たいした罪には問えねえんだ」

と大度《たいど》で接する重蔵の懐《ふところ》の深さに、忽ち呑み込まれてしまったようだ。

「しかし、墓参りとは、感心じゃねえか。毎月、月命日のたびに墓参りなんて、堅気《かたぎ》の孝行息子でも、なかなかできねえぜ」

軽く煽《おだ》てただけで、

「そ、そんなの、当たり前じゃないか」

「親の墓参りに行かねえような罰当たりは、ろくな死に方しませんや」

与五郎と箕吉は当然の如く反応したし、吉次郎と晋三も、口にはださないだけで、満面に同意の表情を浮かべて重蔵を見返した。

「そうか。じゃあ、さしずめ俺は、ろくな死に方しねえだろうな。両親の墓参り、もう何年も行ってねえよ」

という重蔵の言葉に、兄弟は揃って和んだ表情を浮かべた。

「八丁堀の旦那とも思えねえな」

「まったく、悪いことは言わねえから、早くお参りしてあげたほうがいいですよ」

それから兄弟たちが口々に勝手なことを言い合うのを、重蔵は根気よく聞いていた。兄弟たちの交わすとりとめのない言葉に耳を傾け、ときには短く相槌をうったりもする。

兄弟たちの警戒心が完全に取り払われたとみるや、

「で、おめえたちのお袋さんはなんで亡くなったんだ?」

というごく普通の質問で巧みに会話に混じってからは、重蔵の独壇場《どくだんじょう》だった。

「おめえたちの親父も盗っ人だったんだろう。盗っ人の女房じゃあ、気の休まるときがなかったろうな。病気になるのも無理はねえ、気の毒になぁ」

「そんなことはありませんよ。親父はお袋を大切にしてたし、盗みだって、お袋が事前に調べて、大丈夫って太鼓判を押した家にしか入らなかったんですからね」

箕吉が不満そうに言い返すのを聞いて、

(母親が引き込みをやってたのか)

重蔵は内心呆れているが、それはおくびにもださない。

「それで、親父さんの代には、親父さん一人で盗っ人をしてたのかい？《霞小僧》ってのは、代々おめえたちの一族が受け継いできた名前なんだろ」

「親父の代には、親父の兄弟——つまり、俺たちにとっちゃ叔父さんたちと一緒に盗んでました。俺たちが一人前になったんで、叔父さんたちは江戸を離れたんです。そういう約束なんです。家業を継ぐ者以外は、江戸を出て、他所《よそ》の土地で堅気になるんです」

「なるほどなぁ」

重蔵は感心して聞いていたが、傍《かたわ》らにいる喜平次もまた、内心密かに感心していた。数日前に聞いた話もあれば、はじめて聞く話もある。喜平次は、重蔵ほど根掘り葉掘り聞き返しはしなかったので、兄弟たちも、聞かれたことにしか答えなかった。

（やっぱり旦那は話を聞き出す天才だな）

喜平次は感心し、舌を巻いている。

「それでおめえたちも、江戸を出て、それぞれの土地で堅気の商売をしているわけだな。おめえたちの代に限って、長男の箕吉じゃなく、晋三が家業を継いだのはどういうわけなんだ？」

「いえ、あたしの場合は、家業を継いだというより、親父たちの遺してくれたものを継いだようなものでして。……兄さんたちや与五と違って、他所の土地で商売をはじめるような才覚は、あたしにはありませんので」

「ったくなぁ。親父が遺してくれたその金も瞬《また》く間に食い潰しちまって、借金だもんなぁ。迷惑な話だよなぁ」

皮肉な口調で与五郎は言うが、そこには数日前までのような怒りや憎悪はなく、一抹《いちまつ》の愛情すらこめられているようだった。だから、箕吉も吉次郎も、最早与五郎を窘《たしな》めはしない。

「すまねえな」

さも申し訳なさそうに晋三は与五郎に言い返すが、本心では少しも悪いと思ってはいないだろう、と重蔵は看破《かんぱ》した。

そもそも、博奕《ばくち》などという、冷静に考えれば絶対に儲けられる筈のないものにのめり込む人間は、それだけで異常だ。

たとえば消渇《しょうかち》病みの者が、いくら水を飲んでも飲んでも、凡《およ》そ潤うことがないように、決して満足する、ということがない。病ならば、薬を飲むなり養生するなり、治療法もあるが、博奕好きの人間にはその治療法もない。とことん堕《お》ちて、身を滅ぼすまで、決して治癒することはないのだ。

重蔵は仕事柄、そういう者を何人も見てきている。

彼らの特徴として、心にもないことを平然と口にする。とにかく博奕をうちたい、というその一事しか頭にないので、それ以外のことは、どうでもいいのだ。

「おめえたちは、四人で一緒に盗みに入るんだよな？」

「ええ。どんなに難しい盗みでも、俺たち兄弟が力を合わせればなんとかなります」

(なんの自慢だよ)

箕吉の得意気な言葉を、苦笑混じりに重蔵は聞いた。

さしもの重蔵も、この頃には、そろそろ兄弟たちとの会話に飽きはじめている。

「ところで、親父さんはおめえたちに、なるべく江戸から遠く離れるように、って言い残したんじゃねえのかい？」

「え、どうしてそれを?」

「いや、なんとなくな」

と言葉を濁してから、重蔵はしばし押し黙った。

(親父にはわかってたんだ。ろくでなしの晋三が、金輪際心を入れ替えるわけがねえ、ってことが。だから、『兄弟は仲良くしろ』と言う一方で、他の兄弟たちをなるべく江戸から遠ざけようとした。万が一晋三がなにか問題を起こしても、容易には助けに来られないほど遠くに、だ。利口者の吉次郎にはそれがわかったから、遙々《はるばる》長崎まで行って根を下ろした。ところが、この馬鹿兄貴の箕吉が、下手《へた》すりゃ江戸まで一日で行き来できる小田原なんぞに住みやがった。長男の責任とでも思ってやがるのか、しょっちゅう晋三の様子を見に行く。おかげで、折角遠国《おんごく》に去った兄弟が、なにかあればすぐに呼ばれるというわけだ)

兄弟の親父にしてみれば、確かに出来の悪い息子は可愛いかもしれないが、それ以外の息子たちだって可愛いのだ。

できれば、お縄になどなってほしくはない。晋三には、してやれるだけのことをしてやった。あとはどうなろうと、晋三の運命だ。兄弟たちに迷惑をかけず、勝手に自滅してほしい、と親父は密かに願っていたのではあるまいか。

そんな父親の真意を、箕吉は長男の勝手な責任感で取り違え、兄弟を危機に陥らせている。

(難しいもんだな、人の親になるってのは)

思うともなく重蔵は思い、だが、本来の自らの目的を漸《ようや》く思い出して、

「それで、晋三の借金を返すために、札差の金蔵から千両箱を盗み出す、ってのは、おめえたちみんなで考えたことなのか？」

箕吉から吉次郎、晋三、与五郎と、兄弟たちの顔を、一人一人順繰りに見据えながら問うた。

「ええ、まあ」

代表して箕吉が応えるが、

「本当に、そうなのか？」

重蔵が強く念を押すと、忽ち答えに詰まってゆく。

「大事なことだ。よく考えてくれ」

言って、重蔵は再び兄弟たちの顔をゆっくりと見据えてゆく。兄弟たちは一様に困惑顔をするが、その中でただ一つ、全く違う表情があった。

それ故重蔵は、吉次郎の怜悧な瞳にしばし目をとめた。すると、

「晋三が、言い出したんですよ」

淀みのない口調で吉次郎が応えた。

「おい、吉次――」

「与力の旦那は、俺たちが、てめえたちの考えだけであの盗みをやったのか、それとも、誰かに唆《そそのか》されてやったことなのか、それを知りてえだけなんだよ、兄貴」

慌てる箕吉に、冷ややかな口調で吉次郎は言い放った。

「なあ、晋三、そうだったよな？　兄貴に呼ばれて俺と与五が江戸に着いた日、一度で借金返すには、いつでも千両箱が山積みになってる札差の金蔵でも狙うしかねえ、って言い出したのは、確か、おめえだったよな？」

「………」

晋三は真っ青になって震えているが、

「そういえば、そうだったな」

与五郎も忽ち、吉次郎の言葉に迎合した。

「あの日は着くなり酒飲んで……長旅で疲れてたから、すぐ酔っぱらっちまって……でも、札差の金蔵に盗みに入るなんて大胆なこと、よりによって三兄が言い出すから、びっくりしたんだ」

「そうなのか、晋三？」

今度は晋三一人を鋭く見据えて重蔵は問う。仏の微笑は既に消え、獲物を狙う狩人《かりゅうど》の眼で、戦《おのの》く晋三を追いつめてゆく。

貧相な晋三の顔が、見る見る死人のような顔色に変わる。

「そうだとすれば、それはおめえ一人が思いついたことなのか？　それとも、誰かに入れ知恵されてのことなのかい？」

「す、すみませんッ」

晋三はその場に両手をつき、声を震わせた。

「と、賭場《とば》で……」

「賭場で？」

「賭場で知り合った、おっかねえ顔の男から、言われたんですよ」

「おっかねえ顔？」

「ええ、このへんにざっくり刀創《かたなきず》があって、そりゃあ、おっかねえ顔でした」

と言いつつ晋三は、自らの左頬を指でなぞる。

「で、なんて言われたんだ？」

「『それだけの借金を一度で返したけりゃあ、でっけえヤマ踏むしかねえよ』って」

「『でっけえヤマ』か？」

「ええ、だから、あたしも聞き返したんです、でっけえヤマって、たとえばどんな？って。そしたら……」

「そしたら？」

「札差の金蔵なんて、どうだ、って。札差の金蔵なら、間違いなく、いつでも千両箱が山積みだから、って。いまどき、景気がいいのは札差くれえのもんだろうぜ、とも……」

「どんな男だ？」

「え？」

「賭場で、おめえにそう言った、おっかねえ顔の男だよ。何処の賭場で会った男だ？胴元の手下《てか》か？どんな顔だ？歳は幾つくらいだ？」

矢継ぎ早に問うてゆくと、晋三は容易《たやす》く混乱したのだろう。

「わッ」

とひと声叫ぶと、忽ちその場に泣き崩れた。

「も、申し訳ありません……あたしが悪いんです。兄ちゃんたちも与五も、あたしを助けるために力を貸してくれただけでぇ……ええ、全部あたしが悪いんですぅ…うう

「……」

「晋三ッ」

泣き崩れた晋三の肩に、箕吉はすかさず手をかけた。

「馬鹿、泣くんじゃねえよ、ガキじゃあるまいし。旦那にちゃんと説明しなきゃ」

優しく窘めるその様子を見ながら、外見がよく似ているせいか、この二人は日頃から仲がよかったのだろう、と重蔵は思った。

父母のどちら似なのかわからぬが、次男の吉次郎は輪郭も顔立ちもこの二人とはちょっと違って端正である。端正ではあるが、それでもどこかに、兄と弟と、血のつながりを感じさせるものがある。

ところが、歳の離れた末弟の与五郎だけは、全く血のつながりが感じられない顔立ちをしている。

(可哀想になぁ。こんなに似てねえんじゃ、ずっと悩んでたんだろうなぁ。……せめて、こんな盗っ人一家じゃなく、堅気の家にでも引き取られていたら、もっと別の人生もあったろうになぁ)

しみじみと思う一方で、だが重蔵は、仮にこの兄弟の誰かを密偵にするとしたら、次男の吉次郎か、末弟の与五郎だろうな、と密かに目を付けていた。札差の金蔵に楽々と忍び込める連中なので、能力的には問題ないが、とりあえず博奕好きの晋三は論外だし、晋三によく似た外貌の長男・箕吉も、なんとなく、いやだな、と重蔵は思った。

「すみませんでしたね」

「ああ？」

ぼんやりと靄《かすみ》がかかったような顔で、重蔵は喜平次を見返した。

彼らが《霞小僧》兄弟の家を出たとき、うっすらと夜が明けていた。

「おいらの調べが中途半端だったんで、旦那にわざわざ、こんなとこまでご足労願うことになっちまって」

「そうだな」

重蔵は否定しなかった。

童がそのまま大人のなりをしているようなあの無垢《むく》な兄弟たちに、如何に金に困っているからといって、札差の金蔵を狙う、という発想があるかどうか、それが重蔵の最も知りたいことだった。

もし兄弟の発想でなければ、一体何処の誰がそれを兄弟に吹き込んだのか。

「心当たりはあるか？」

「え？」

「晋三が言ってた、おっかねえ顔の男だよ」

「ああ、賭場で会ったとかいう……」

言いかけて、喜平次は漸く重蔵の言いたいことに気づき、

「捜しますッ。男は、おいらが絶対に捜し出します」

慌てて言い募った。

「捜し出しますから……」

「から？」

「あの兄弟のことは……」

「お縄にするな、と言いてえのか？」

「旦那だって、おっしゃってたじゃねえですか。お縄にしたって、どうせたいした罪には問えねえって」

「まあ、殺しをやったわけじゃねえからなぁ。伊勢屋と板倉屋以前の盗みについては、証拠も残ってねえだろうし……」

「そ、それなら――」

「まあ、重くても、八丈送《はちじょうおく》りってとこかなぁ」

「旦那！」

「すべては、そのおっかねえ顔の男ってのを捜してからだな」

「は、はい、それはもう、任せてください。だいたい見当もついてますし……」

「頼んだぜ」

重蔵は足を速め、背中から言い放った。

さすがに疲れきっていて、もうそれ以上、言葉を交わす気にはなれなかった。これから一刻以上もかけて帰るのかと思うと更に気が重く、悔しいが、年齢を感じぬわけにはいかなかった。

四

（誰だ？）

闇の中に、なにかが閃いた。

それは途轍《とてつ》もなく速い影だった。はじめは、猪《いのしし》のような野生動物が視界を過《よ》ぎったようにも思えた。しかし、内藤や目黒《めぐろ》あたりの郊外なら兎《と》も角《かく》、このあたりに猪が出没するという話は聞いたことがない。

いや、仮に野生動物だとしたら、咄嗟《とっさ》に体が反応し、身構えつつ無意識に鯉口《こいぐち》を切った理由がわからない。殺気を放たぬ相手に対して無意識に反応するなどということは、あり得ないからだ。

(やはり、人だ)

重蔵は確信した。

怪しい人影が奉行所の――いや、奉行所側から奉行の役宅を窺《うかが》い、人が、つまり重蔵が来たのを察して、中庭から塀を跳び越えて逃れたのだ。

(盗っ人?)

咄嗟にそう思ったのも無理はない。

だが、盗っ人ならば、重蔵に無意識の反応を起こさせるほどの殺気を孕《はら》んでいるはずがない。第一、わざわざ奉行所に盗みに入るほど、命知らずの盗っ人はいないだろう。苦労して忍び込んでも、そこに千両箱はないからだ。

重蔵は影の消えた方向――即ち、塀の外へと小走りに向かった。不審人物が、奉行所や、奉行の住居である役宅の周辺をうろうろしているなど、以《もっ》ての外《ほか》だ。

(まさか、彦五郎兄……お奉行のお命を狙う者か?)

重蔵の脳裡には、先日御用地の近くで暗殺者の集団に襲われていた矢部の姿がありありと焼き付いている。

「くれぐれも、お一人にての外出はおやめくださいますよう」

あのあと、重蔵は強い口調で矢部に言い募ったが、

「たわけッ。無辜《むこ》の民を護るべき奉行の職にある者が、刺客《しかく》が恐いというて、屋敷に引き籠もっておられるか」

逆に一喝《いっかつ》された。

「では、せめて、お出かけの際には、腕のたつ者をお連れくださいませ」

「おぬしよりも腕のたつ者が、この奉行所におるのか？」

と真顔で問い返され、重蔵は閉口した。つい、

「では、それがしがお奉行のお供をいたします」

と言ってしまいそうな自分に、困惑したのである。もしそうできたなら、どんなに喜ばしいことだろう、と思った。この世で最も敬愛するひとを、身を以て護れたなら、それに勝る幸せはない。

だが、それは所詮かなわぬ望みだ。

「儂《わし》に近づいてはならぬ」

と矢部から厳しく言いつけられているし、仮にそれを無視するとしても、与力が四六時中《ろくじちゅう》奉行にくっついているというのはさすがに不自然である。

「儂が、万一刺客の手によって命を落とすことがあれば、それが儂の天命だ」

透きとおるような笑顔で言われてしまうと、重蔵には、最早それ以上言うべき言葉が見つからなかった。

矢部もまた、火盗改めの与力を務め、堺《さかい》奉行、大坂奉行と務めた歴戦の猛者《もさ》なのだ。覚悟はできていて当然だ。それ以上なにか言えば、矢部の覚悟を疑うことになる。

重蔵は、一旦矢部の身辺警護を諦めたものの、目の前に不審者が現れたとなれば話は別である。

奉行所の表門にも役宅の御門にも、もとより交替制の不寝番が詰めているが、背丈よりも高い土塀を軽々と飛び越えられる暗殺者に対しては、門番などなんの役にもたちはしない。

不審者の影を求めて通用口から表へ飛び出すが、野生の獣の如き身ごなしの者が、いつまでもそのあたりをうろうろしているわけもない。

（まさか、役宅まで襲ってくるとは……）

重蔵は、賊の走り去った闇の先を見据えながら、暗澹《あんたん》たる思いに陥った。

今日は、内藤から立ち戻った後、自宅へは帰らずそのまま奉行所へ出仕した。昼まで与力詰所で雑務をこなしてから家に帰ろうと思っていたのに、同心部屋の前を通りかかったとき、

「戸部さま、もうお帰りですか？」

うっかり、林田喬之進《はやしだきょうのしん》に呼び止められてしまった。

「いや、見廻りがてら、蕎麦《そば》でも食いに行こうかと思ってな」

「私も、ご一緒させていただいてよろしいでしょうか」

「ああ、いいよ」

本当はいやだったが、重蔵は笑顔で応じた。少し前から、喬之進がなにかに悩んで鬱々《うつうつ》としており、重蔵に助けを求めたがっていることは承知していた。気づいていながら多忙を理由にそれを黙殺してきた。そろそろ聞いてやらねば、と思っていたところだ。

喬之進の話を聞きながらしばし歩いて、神田鍛冶《かじ》町の、美味《うま》いと評判の蕎麦屋まで行った。

喬之進の話は、両親が、望みもしない縁談をすすめてくるとか、お勤めに励めと言いながら、危ない真似をしてくれるなと矛盾することを言ってくるとか、とりとめも

ないことばかりで、聞くだけでも往生《おうじょう》した。

それでも一応聞くだけは聞いて、

「親御さんの気持ちも考えてやれ」

と当たり障りのない説教をした。

蕎麦を食べて、そのまま家に帰って眠りたかったが、そうはいかなかった。

結局、喬之進の愚痴を聞いてから奉行所に戻る羽目に陥り、相役の与力たちが帰ったあとの与力詰所で書き物をしていたら、うっかり居眠りしてしまった。

目が覚めたときは既に、奉行所内には、張り番の者以外、誰も残ってはいなかった。

（俺も歳だなぁ）

と思いつつ、奉行所から出ようとしていたとき、奇《く》しくも、重蔵の目の前を、その影が、過ぎって行った。

（或いは忍び、か？）

ぼんやり思い、思ってから愕然とした。

だとすれば、矢部の命を狙っているのは、忍びを手足の如く使える立場の者、ということになる。

「儂はご老中から嫌われている」

と事も無げに言った矢部の言葉が、重蔵の心には重く響いた。

目が覚めてから、床の中に桔梗の姿がないことに気づくまで、些《わず》かのときを要した。昨夜からの甘い夢が続いている。床の中に濃厚にとどまる、桔梗の体の甘い香りのせいだろう。自分が未だ女の体の中にいるようにすら錯覚し、さすがに青次は、無意識に顔を赤らめた。

(十七、八のガキじゃあるまいし……)

自らの体の反応に自らあきれたとき、カラリと勢いよく腰高障子が開いた。

下駄の歯を高く鳴らしながら入ってきたのは桔梗である。

「まだ寝てるの?」

「もうそろそろ巳《み》の刻よ」

「え、もうそんな時刻か」

青次は慌てて跳ね起きる。

厠《かわや》へでも行っていたのかと思ったら、桔梗は片手に小さなザルを持っていた。

「シジミ買ってきたのよ。朝ご飯、食べてくでしょ」

「あ、ああ」

不得要領に肯《うなず》きながら、青次はぼんやり桔梗を見つめていた。

いつも店で着ている派手な紅梅の着物から朝顔柄の白絣《しろがすり》の浴衣《ゆかた》に着替えていて、化粧気も殆どないのに、化粧をしているときよりずっと、はっきりした顔立ちに見えるのは何故だろう。

(俺の他にも、男がいるのかな)

桔梗の部屋に泊まったのはこれで三度目だ。下谷《したや》広小路の矢場にはもう十回以上も通っているが、その度に桔梗が相手をしてくれるわけではないし、ときには店にも出ていないことがある。店に出ていないときの桔梗がなにをしているのか、もとより青次は知る由もない。

炊事をおこなう桔梗の動きに淀みはなく、包丁を持つ手も菜箸《さいばし》の扱いも相当手慣れた様子であった。

(所帯をもったことがあるのかな。歳を考えたら、そう考えるほうが自然だよな)

「なに見てるのよ？」

「え？」

ぼんやり見つめていた視線を桔梗に捕らえられて、青次は焦った。

「い、いや……矢場にいるときとは別人みてえだな、と思って……」

「なに感心してるのよ。ぼんやりしてないで、いまのうちに、顔洗って、口濯《すす》いできなさいよ。もうすぐできるから――」

「あ、ああ」

促されて、青次はのろのろと立ち上がり、部屋を出て井戸端へ向かった。

長屋の亭主たちはとっくに仕事へ出かけた時刻で、朝餉の後かたづけも終わっているため、幸いそこには誰もいない。

青次は柄杓《ひしゃく》に水を汲み、口を濯ぎながら、

(女房がいるってのは、こんな感じなのかな)

思うともなしに、ぼんやり思った。

師匠夫婦はもとより、近頃では重蔵までもが、青次の顔さえ見れば、「早く嫁をもらえ」と五月蠅《うるさ》く言ってくる。確かに、青次も世間的には、子供の一人や二人いてもおかしくない年齢だ。

いまは堅気の職人である以上、所帯を持つのが自然である。そうすれば、大家の後家に色目を使われることもなくなるだろう。

(もし女房をもらうなら、俺には、世間知らずの未通娘《おぼこ》なんぞより、ああいう、酸《す》いも甘いも嚙みわけたみてえな女が相応しいんだろうなぁ)

思うと、我知らず口許がほころんでしまうのを、青次はどうすることもできなかった。

「青さん、なにしてるの？　早く、来なさいよ。お味噌汁が冷めちゃうわよ」

「あ、ああ」

大きな声で桔梗に呼ばれ、青次はまた不得要領に返答した。女房がいる生活というのも、満更悪くもなさそうだ、と思いながら。

五

重蔵が、喜平次とともに内藤の盗っ人四兄弟の家を訪ねてから数日後、大川端に男の死体があがった。

目明かし・権八の手先から知らせを受けた重蔵は、当然その若い手先とともに現場に向かった。大川端に死体があがること自体、格別珍しいことではない。三日に一度は一家心中の死骸があがるし、辻斬りに殺されて川に投げ込まれたとおぼしき者もあがる。

確実に、何処かで誰かが命を落としている。そんなことは、重蔵にとって至極ありふれた日常である。

だが、その男の死体をひと目見たとき、重蔵は、何故だか、ひどくいやな気持ちになった。死体を見ていやな気持ちになるのはいつものことだが、それは、いつも感じる死者への悼《いた》みの気持ちではなく、死者に対する淡い嫌悪感のようなものだった。

それほどに、死体の男はいやな顔をしていた。

胸や腹の数カ所を刺された死に様は無残としか言い様がなかったが、死に顔の凄まじさは、その瞬間の苦痛を如実に物語っていた。

大きく見開かれたまま、どうやっても閉じようとしない両目は血走り、食いしばった口からはいまにも低い呻き声が漏らされそうだった。生前から、あまり人相のよくない男であることは、その死に顔からも、容易に想像できた。

定町廻りの同心となってそろそろ一年余、未だに死体に慣れぬ林田喬之進にいたっては、ひと目見るなり、

「ひぃッ」

と小さな悲鳴をあげ、両手で顔を覆ってその場に蹲《うずくま》ってしまった。余程怖ろしかったのだろう。

「ホトケの悪口は言いたかねえが、こいつはどう見ても堅気じゃありませんね」

一足先に番屋に来ていた吉村新兵衛が渋い顔で言い、

「身元を洗うのは、難しそうですよ」

重蔵が訊ねるであろうことにも、先回りして答えてくれた。

「無宿人か、兇状持ちってとこかな」

重蔵は少しく苦笑した。

兇状持ちなら人相書きが出まわっているかもしれないからまだいいが、堅気の暮らしを完全に捨て、人別帳に名前も載っていないような無宿人であれば、何処の誰かを調べることも覚束《おぼつかな》無い。

何処の誰かもわからぬ者を、何処の誰が殺したか——。残念ながら、調べようがない。

「どうせ悪党同士の諍《いさか》い、仲間割れのたぐいでしょうが、憐れなもんですねぇ。悪党でも、親につけてもらった名前くれえあるでしょうに、それもわからねえまま、無縁仏行きですからね」

しみじみとした口調で吉村は言い、

「しかし、それもまあ、悪事の報い、ってもんなんでしょうねぇ」

妙に抹香《まっこう》臭い結論で言葉を締めた。やはり、愛児を喪《うしな》ってからこの数年、仏の教えというものに対して、殊更真摯になっているのだろう。

「そうかもしれねえが、どんな悪党でも、命は命だ。下手人《げしゅにん》はあげてえもんだな」

静かに言い置いて、重蔵は番屋をあとにした。吉村も喬之進も、無言でそれを見送った。如何にも《仏》の通り名に相応しい、慈悲深い重蔵の言葉であったが、それが薄っぺらな綺麗事ではなく、心の底から発せられた言葉であることが、二人にはよくわかっていた。


番屋を離れてから、少し早足で重蔵は歩いた。

その者の気配は、番屋を出たときから身近に感じていた。だから、近づき易いように隙だらけのていをとり、わざと所在なげな顔つきをして歩いた。

隙だらけの重蔵の背に、ほどなく喜平次が追いついてきた。

「旦那」

「遅いぞ」

「え？」

苛立った重蔵の言葉に、喜平次は驚いた。

「勿体《もったい》つけてねえで、早く来ねえか」

「すみません」

仕方なく詫びてから、

「あのホトケは、猪之吉ですよ」

重蔵が一番欲しているであろう情報を、喜平次は提供した。

「猪之吉？」

だが重蔵は怪訝な顔で問い返す。

「おいらを刺した野郎ですよ。早く見つけて、お縄にしてくれって、頼んでおいたでしょう」

「ああ、あいつか」

「ぐずぐずしてるから、先に天罰が当たっちまった。もう金輪際、お縄にはできませんや」

「…………」

重蔵は足を止め、喜平次を顧みた。

青次と違って、この上なく暗く孤独な幼少期を送った喜平次は、容易に人を信じない。そんな彼が軽口を叩くのは余程気を許した相手であり、またその軽口もただの放言ではなく、なにか重要なことを口にしようとするときの前置きなのだ。

「晋三に、札差の金蔵を襲うように吹き込んだのは、たぶん奴ですよ」

「なに？」

「賭場で奴と会って、《霞小僧》のことを聞き出そうとしたときから、薄々感じてたんですよ、なにかある、って」

「晋三の言った、おっかねえ顔の男ってことか？」

「それを、確かめることはできませんでしたが」

「…………」

喜平次は口惜しげに唇を嚙んで俯《うつむ》き、重蔵は言葉を失った。喜平次が調べを進める前に、猪之吉は殺されてしまった。

「口を、ふさがれたんですかね」

喜平次の言葉に、重蔵は答えなかった。言うまでもないことだった。

第五章　野望の果て

一

（なんだ、このざまは？）

家の中をひと目見るなり、喜平次は茫然とその場に立ち尽くした。

家の中は無残に荒らされ、兄弟たちの姿はどこにもない。

猪之吉が消されたとすれば、兄弟たちにも害が及ぶのではないかと心配になり、様子を見に来た。お縄にするかどうかは別として、まだ聞きたいことがあるのでしばらくは江戸にとどまるように、と重蔵が命じ、兄弟はそれに従った。

本来ならばきっちり拘束すべきところだが、喜平次の顔に免じて、目こぼししてもらったのである。

とはいえ、これが並の悪党なら、そんなことはお構いなしに、さっさと江戸からずらかるだろう。喜平次は寧《むし》ろ、そうあってほしい、と望んだ。彼らがさっさと江戸からいなくなれば、命を狙われるおそれもないのだ。

だが、

(あいつら、馬鹿正直に旦那との約束を守りやがるんだろうなぁ)

ということも、喜平次にはわかっていた。

ところが、いざ駆けつけてみるとそこに兄弟たちの姿はなく、家の中は、なにが起こったかを想像するのも馬鹿馬鹿しいほど、酷《ひど》く踏み荒らされている。襖《ふすま》が破られ、畳ははがされ、その下の羽目板までもが叩き割られて、草が茫々《ぼうぼう》に茂る縁の下が覗いている。柱や鴨居《かもい》には無数の瑕《きず》が刻まれ、ここでおこなわれた闘争の凄まじさを物語っていた。

但し、血の痕だけは、どこにも見られない。

(そりゃあ、そうだ。あいつらに抵抗なんて芸当ができるわけもねぇ)

納得する一方で、喜平次は暗澹《あんたん》たる思いに囚《とら》われた。

(つまり、四人とも拉致《らち》されたってことだ。だが、一体何処の誰が？)

考えてわかるものでもない。

ふと、いやな気配を膚《はだ》に感じ、喜平次は我に返った。

（誰か来る――）

気がついたときには、既に、複数の足音が家の玄関先まで迫りつつある。それが剣《けん》呑《のん》な気配であることは、長年の経験から喜平次には容易《ようい》に察せられた。

咄嗟《とっさ》に、厨《くりや》の勝手口から逃げることも考えたが、搦手《からめて》に人を配するのは兵法の常道だ。それも、ちょっと気のきいた者なら、逃げ道には一番手強《てごわ》い者を配する。

（こんなとこで、命のやりとりなんざ、真っ平だ）

外に逃れることが難しいとすれば、とりあえずは身を隠すしかない。

喜平次は咄嗟に柱をよじ登って梁《はり》の上まで這い上がり、そこから羽目板を外して天井裏へと身を隠した。

じっと身を潜《ひそ》め、同時に息も潜める。

まだ陽も高いというのに、侵入者たちは少しも憚《はばか》ることなく、ドカドカと無遠慮な足音をたてて来た。

「おー―い」

野太い声が大音声《だいおんじょう》で呼ばわる。

「おー―い、誰もおらぬのか？」

別の声もすぐに続いた。仮にいたとしても、こんな連中に返事をする馬鹿はいない。

「おい、誰もおらんぞ」

最初に飛び込んできた浪人風体の男が、きき手に刀の鯉口《こいぐち》を切ったままで家の中をうろうろする。

「確かにこの家で間違いないのか？」

すぐに続いて、同じような風体の男が二人、彼を追ってきた。

「間違いあるまい」

「他にそれらしい家は見当たらぬ」

「では何故おらぬ？」

最後に入ってきた男は、早くも刀を抜いていた。人相も風体も悪い浪人者が、総勢四名、人を斬る気満々でやって来た。そんなところか。そして、奴らに斬られるべき相手とは……

「逃げたのか、くそぉッ」

刀を抜いていた男は、その鋒《きつさき》を向けるべき対象を失い、地団駄《じだんだ》踏んで悔しがる。

「しかし、おらぬものは、仕方ない」

「この様子では、慌てて逃げたようだな」

「夜逃げか」

他の三人は、宥めるような口調になるが、抜き身を手にした男だけはどこまでも口惜しそうだ。よほど人を斬りたかったのだろう。

(だからって、家の中で大刀《だんびら》振りまわそうと思うかねぇ)

屋内の戦闘には脇差を用いるというのが武士の常識だということは、武士ではない喜平次ですら知っている。最初に入ってきた男も大刀の鯉口を切っていたから、或いは屋内の戦闘には不慣れな連中なのかもしれない。

「くそ、和泉屋《いずみや》の奴もいい加減なことを」

(和泉屋だと?)

喜平次はその抜き身の男が悔しまぎれに呟いた言葉を決して聞き逃さなかった。

(こいつら、和泉屋の用心棒か?)

思ううちにも、浪人たちは家中を無遠慮に物色し、ただでさえ荒らされたあとの家の中を、土足で踏み荒らしてゆく。

(あ〜あ、生まれ育った家をこんなにされちまって、あいつら、泣くだろうなぁ)

呆気にとられて浪人たちの様子に見入っていた喜平次だが、

(しかし妙だな)

ふと、そのことに気づいて首を捻った。

彼らがここへ来たのは、どうやらこれがはじめてのようだ。ということは、兄弟を連れ去ったのは全く別の者ということになる。では、一体何者が？

（一体どうしたってんだ、奴ら急に人気者になりやがったじゃねえか）

浪人たちは、しばらくガタガタと家の中を荒らし回っていたが、やがて諦め、肩を落として出て行った。雇い主にありのままを報告するのは、さぞ気が重いことだろう。

「和泉屋だと？」

重蔵は顔色を変え、喜平次を見返した。

その屋号に聞き覚えがあるどころではない。このところ、なにかことが起こるたびになにやら怪しい動きをみせていたのが、ほかならぬ和泉屋だ。

そのくせ、実際にはなんの証拠も摑ませない。敵として、これほど手強い者も滅多にいまい。

「また和泉屋か。ろくな噂を聞かねえな」

「噂じゃありませんよ。娘を拐《かど》かして、旗本屋敷でいかがわしい商売させてたのだって、黒幕は和泉屋だと、おいらは睨んでるんです。……あのとき、一味の頭《かしら》は歴とした表の稼業を持った善人だって、文吉《ぶんきち》が言ってましたからね」

「表の稼業を持った堅気の善人が、江戸に何人いると思うんだ？」

「旦那！」

「ああ」

喜平次の剣幕に苦笑してから、だが重蔵はすぐ真顔に戻る。

「仮に、拐かし一味の頭が和泉屋だとして、一体なんのために、奴はそれほど荒稼ぎするんだ？　札差株も買ったし、いまじゃ、江戸でも一、二を争う豪商だ」

「奴がなにをするつもりかなんて、知るもんですか。強欲な奴には、もうこれでいいなんてことはねえんでしょうよ」

「ふうむ……今回の板倉屋の件も、和泉屋が裏で糸を引いてるとすれば、五、六万両という金を一夜で手にしたことになる。どこまで貪欲な奴なんだ」

重蔵は難しい顔をした。

喜平次の言う、旗本屋敷でのいかがわしい商売については全くなんの証拠もないし、大勢の者を一家心中の憂き目に追い込んでいる高利貸しにしてみても、

「貸した金を返してもらうのは当然でしょう。こっちは商売でやってるんですよ」

と言われてしまえば、それまでだ。

結局、噂は噂に過ぎないのである。

だが、今回の板倉屋の件については、或いは証拠を掴めるかもしれない。

「その、和泉屋の用心棒とやらを、一人でもとっ捕まえることができたらよかったんだけどなぁ」

重蔵の顔は一瞬だけ輝き、だがすぐに冴えないものに戻った。

「ちょっと待ってくださいよ、旦那、それは一体、どういう意味です？」

重蔵の言葉を聞くなり、喜平次は忽ち不機嫌になる。

「別に、意味なんてねえよ」

「つまり、おいらがひっ捕まえたらよかったって言うんですね？」

「そんなこたぁ、言ってねえだろ」

「一人でも捕らえることができたらよかったのに、って、たったいま、言ったじゃねえですか」

「思っただけだ」

「ほらね、思ってるじゃねえですか」

「思うくらい、いいだろう」

「冗談じゃねえ。あんな人殺しを愉しみにしてるような奴らを相手に、一体おいらになにができるって言うんですよ。見つかって殺されなかっただけでも、儲けものですよ」

すっかり拗《す》ねた口調で喜平次は言い、重蔵を閉口させた。

兄弟のことが心配で様子を見に行き、たまたま和泉屋の用心棒らしき浪人者に遭遇した。それだけでも大きな手柄だと褒めてもらいたいところなのに、重蔵の口ぶりは、まるで喜平次が取り返しのつかない失態を犯したかのようだった。少なくとも喜平次にはそう聞こえた。たいして役に立てていない自分を、喜平次自身がいやというほど自覚しているからにほかならない。

「悪かったな、喜平次」

重蔵は、素直に詫びた。いつのまにか、なにもかも喜平次に頼りすぎている自分に気づき、重蔵は重蔵で深く己を恥じていた。

二

「旦那さま、和泉屋さんがおいでです」

番頭の六助が障子の外から声をかけてきたとき、板倉屋の主人・仁三郎は、まだ布団の中にいた。

金蔵の中身を根こそぎ盗まれてから、早五日。寝込んだ主人は、未だに床《とこ》から起き上がれずにいる。全財産といっていい金額を一夜にして失い、これからどうすればよいのか、全く、何一つ思案できずにいる。

だが、一家の主人として、さすがに情けなくなり、そろそろ起きて家人たちに指図をしなければ、と思いはじめたその矢先、いまは最も聞きたくない名前を聞かされた。

「気がきかないね、六助」

床の中から、さも億劫《おっくう》そうに仁三郎は言い返す。

「私がいま、和泉屋の顔なんて見たいと思うかい」

「そう思いまして、『主人は病《やまい》が重く、とても人様にお会いできる容態ではございません』とお断りしたのですが……」

「帰らないのかい？」

「はい、『大事な話がある』とおっしゃいまして。……いま、ご新造《しんぞ》様がお相手をしてらっしゃいます」

「なに、お加代《かよ》が」

仁三郎はさすがに飛び起きた。

ご新造様と呼ばれてはいるが、お加代は元々この板倉屋の一人娘で、使用人たちからは「お嬢様」と呼ばれてきた。仁三郎が婿に入ってから二十年以上になるが、未だに、女中頭のお豊《とよ》などは、「お嬢様」と呼ぶことがある。お豊と同じくらい古参の六助にとっても、寧《むし》ろそのほうがしっくりくるだろう。

ちなみに「ご新造様」も「お嬢様」も、本来は武家の妻女・子女を呼ぶ際の言い方だが、株仲間結成以後の札差の威勢は甚《はなは》だしく、代々札差をしているような家ではそう呼ばせるのが当たり前になっている。

「だめじゃないか、お加代を煩《わずら》わせたりしちゃあ」

手早く身繕《みづくろ》いをして、障子《しょうじ》をあけると、六助が廊下に蹲《うずくま》っている。俯いているのが、笑いを堪えているように仁三郎には思え、面白くなかった。入り婿の仁三郎が、未だに、家付き娘のお加代に頭が上がらぬことを承知の上で、和泉屋の相手をさせたのに違いない。

「奥のお座敷のほうにお通しいたしました」

俯いたままで六助は言い、

「ああ」

仁三郎は肯き、フラフラした足どりで廊下を歩いた。

元々痩せぎすな上に、この数日ろくに食事もとっていないため、半病人をとおりこし、どこから見ても立派な死人のようであった。

死にかけの病人のような仁三郎を見て、和泉屋の主人・義兵衛《ぎへえ》は内心ほくそ笑んだが、もとよりそれはおくびにもみせない。

「このたびは、大変なご災難でしたな」

殊更悲痛な表情を作り、声を落として義兵衛は言うが、そういう芝居がかったわざとらしさを、江戸者の仁三郎が嫌悪していることも承知の上である。

丸顔で小太り、終始ニコニコしていれば、懐《ふところ》深く隠し持った悪意など、微塵《みじん》も覚《さと》らせない。おそらく、初対面の者なら、十人中九人までが、彼を生まれついての善人と思うだろう。しかし、中には生まれついての天《あま》の邪鬼《じゃく》がいて、そういう、絵に描いたような善人臭さに疑いをもつこともある。

仁三郎は、別に天の邪鬼なほうでもないし、人の本質を見抜けるほどの炯眼《けいがん》を持った人間でもない。ただ単に、江戸へ出て来て僅か数年のうちに札差株を金で買い、すっかり株仲間面《づら》をしている上方《かみがた》の人間が嫌いなだけである。

「札差株を、手前にお譲りいただけませんか？」

そのいけ好かない上方商人が、善人顔に満面の笑みで言った言葉を、しばし茫然と仁三郎は聞いた。

「い、いまなんと？」

「ですから、札差株を、手前にお譲りいただきたい、と――」

「ふ、札差株を？」

「いまとなっては、そうなさるよりほか、ないのではありませんかな」

笑みを絶やさずに言う和泉屋の顔は、見ようによっては極悪人の顔であるということを、このときはじめて仁三郎は知った。

「旗本・御家人の方々に融通する金子《きんす》がない以上、方々は、蔵米を返せ、と言ってきますぞ。大方、質《たち》の悪い蔵宿師《くらやどし》を雇って差し向けることでしょうな。どうします、板倉屋さん、強面《こわもて》の対談方《たいだんかた》を雇って対抗しますか？」

「…………」

「頼りになる対談方を雇うことがおできになるなら、いいのですがね」

和泉屋の言い草はどこまでも慇懃無礼《いんぎんぶれい》で、仁三郎はただ沸き起こる怒りにじっと耐えるばかりであった。

「帰ってくれ！」

と一喝《いっかつ》できたなら、どんなに楽であったろう。

だが仁三郎にはそうできなかった。

和泉屋の言うことが、近い将来確実に起こり得る現実として、仁三郎の心配事の一つにあったからだ。

一喝できぬままに、だらだらと和泉屋との応答を続け、やがて、先方から、

「ご家族や家人たちを路頭に迷わせたくはありますまい。よく、お考えくだされ」

言いたいだけのことを言われ、

「近々、またおうかがいいたしましょう」

自ら辞去されるまで、ろくに言い返すこともできず、ほぼ茫然と、仁三郎は聞いていた。悪夢ならば、いますぐに醒めてくれ、と心の底から願いながら。

そして、和泉屋の姿が完全に視界から消えたとわかったとき、使用人たちに、

「誰でもいいから、塩をまいておくれ」

と、半狂乱で命じていた。

和泉屋義兵衛。

元は上方の商人で、江戸に出てきた頃は「美濃屋《みのや》」を名乗っていた。

だが、美濃屋であった頃の義兵衛を覚えている者は、江戸には殆どいないだろう。

当初は、小間物から細工類、傘や下駄《げた》まで、雑多な商いをしていたが、僅か数年のうちに札差株を買い、株ごと屋号も買い取って、『和泉屋』を称するようになった。

雑多な商いの一方で高利貸しを営み、専《もっぱ》らその稼業で荒稼ぎした、と言われている。そうでもしなければ、上方でどれほどの分限者《ぶげんしゃ》であったか知らないが、千両株と言われる札差の株を、そう易々《やすやす》と手にできるはずもない。

しかし、札差の株仲間は、その結成のときから殆ど同じ顔ぶれであるため名門意識が強く、金で株を買ったような成り上がり者を、容易には認めない。

とりわけ、起立《きりゅう》当時からずっとこの稼業を続けている起立人たちの中には、成り上がりの他所者《よそもの》をあからさまに見下しているような者もあり、義兵衛は甚だ面白くなかった。

（先祖伝来の家や財産を受け継いだだけで、なんの努力もしていないくせに）

若い頃から苦労して蓄財し、家を興《おこ》した。

自らの体以外何一つ持たぬ者が、なにもないところからはじめたのだ。当然、まともな商いだけで稼げるわけもない。

人に言えない悪さもしたし、かなり阿漕《あこぎ》な真似もして、ここまできた。それについて、何一つ後悔はしていない。

義兵衛はもともと、大坂天満《てんま》で小間物を商う家の子だった。義兵衛が六つの歳、家が火事になり、義兵衛は二親《ふたおや》と家を失った。その後、己の店を持つにいたるまでの苦労は、未だに人に語ったことはない。年端もゆかぬ子が頼れる者の一人もなく、世間の荒波の中を泳いでゆくのだ。並大抵の苦労ではなかった。

しかし、悪い噂というのはなかなか消えぬもので、店を大きくすればするほどに、あれこれ言われるようになり、正直うんざりした。

(生まれ育った土地というのは、面倒なもんだな)

義兵衛は江戸に居を移すことを考えはじめた。大坂は「天下の台所」などと呼ばれていい気になっているが、本当に賑わっているのは、将軍家の御座所《ござしょ》たる江戸ではないか。

(江戸で認められねば、一人前の商人とはいえぬ)

いつしか江戸に、過度の夢を抱くようになり、そして遂に夢を果たした。

江戸に出てきてからも、彼の商売の方針は変わらなかった。金になると思えば、なんでもやった。とにかく、札差株が欲しかった。札差株を買い、株仲間として認められることが、即ち江戸で商いする者の頂点を極めることだと義兵衛は思った。

だが、江戸でなりふり構わず金を稼いでいるうちに、どうやらそれだけではなさそうだということを、薄々覚った。さすがは将軍家のお膝元たる江戸である。商人のまちである大坂とはまるで違った権威が存在した。

即ち、「武士」という、実を伴わぬ名のみの権威である。殆どの財を失い、日々の暮らしは蔵宿である札差の世話になっているくせに、その恩も忘れて、偉そうな態度を取る。金銭を卑しいもののように思い、そのために身を粉にして働く商人をも、卑しんでいる。

それが感じられるたびに、義兵衛はむかついて仕方なかった。

だから、この際権力の頂点に擦り寄ろうと考えた。

（ご老中に取り入ろう）

そう思いついてから、盛んに寄進をした。支払うことを強制的に定められた運上《うんじょう》金《きん》とは別に、多額の冥加金《みょうがきん》を寄進した。

株仲間から支払われる運上金とは比べものにならぬ額の冥加金を寄進し続けているのに、ご老中からは、未だに「苦労」の一言もない。

だが、今回の冥加金は、いままでとは桁《けた》が違う。なにしろ、五万両だ。喜ばぬ筈がない。

それだけでなく、ご老中が最も喜ぶに違いない土産《みやげ》も持参するつもりだ。

(今度こそ……)

義兵衛は信じている。

(水野《みずの》さまは、お目どおりを許してくださるに違いない)

信じて、ひたすらに義兵衛は待った。

なにより、手土産の効果は絶大であると信じているからだ。

三

両国広小路の人混みに足を踏み入れたとき、喜平次は少しく緊張した。

昨日も一昨日も、このあたりで見失った。

(なにやってんだ、俺は――)

たかが女一人を尾行《つ》けていて、二日続けて見失うなど、密偵としてはあり得ぬ失態だった。

(糞《くそ》ッ)

そして今日も、西両国の芝居小屋のあたりで、女を見失った。

（ったく、なんなんだよッ）

喜平次は苛立《いらだ》っていた。

女は、下谷広小路の矢場に勤める矢取り女である。その女の身辺を探るよう、重蔵から言いつけられたとき、正直言って、不思議に思った。果たして、いまはそんなことをしているときなのか。喜平次には、姿を消した四兄弟のことが気になって仕方ない。できれば、兄弟の行方を訊ね歩きたいのだ。

そんなところへ、よりによって、一人の女を調べろ、と言う。気が乗らなくても無理はなかった。

だから、この数日立て続けに女を見失った己の失態を、やる気のなさ故と、喜平次は決めつけた。

「なにしてんだよ、兄貴」

不意に背後から呼ばれ、少しく驚きつつも、

「てめえこそ、なんだ。この俺を、尾行けてきやがったのか？」

喜平次は顔を顰《しか》め、青次を振り向いた。だが青次は、喜平次を恐れず、

「兄貴、桔梗のあとをつけてたでしょう？」

真っ直ぐにその目を見据えて詰め寄ってくる。

「桔梗？……あ、あの矢場女か。てめ、なんであの女を知ってんだ？」

「どうせ旦那に言いつけられたんでしょ？」

「…………」

喜平次は言葉に詰まった。どうも、今日の青次は扱いにくい。内心困惑していると、

「ったく、もう、勘弁してくださいよ」

青次は忽《たちま》ち表情を弛《ゆる》める。半ば羞恥《しゅうち》の入り混じった、いい表情だ。

「なんだよ？」

「あの女は……その、俺の……」

「俺の？」

「俺の、女なんですよ」

と真っ赤になって青次は言い、

「なんだぁ」

喜平次は束の間呆気《あっけ》にとられ、それから徐《おもむろ》に、我に返った。

「旦那がなんで、おめえの女を調べさせるんだよ」

「知りませんよ。心配性なんでしょう。いつまでも、俺を子供扱いしてるんですよ」

（確かになぁ）

思いつつも、しかし喜平次はすぐに顔つきを引き締める。

「けど、おめえ、あの女はただ者じゃねえんだぞ。何度も俺をまいてやがるんだ。堅気の女にできる芸当じゃねえや」

「そんなの、兄貴が油断したからでしょう」

「なに？」

「どうせ女だと思って、油断したんじゃねえんですかい？」

「………」

喜平次はあっさり答えに詰まった。強《あなが》ち的外れではなかったからである。

「とにかく、もうこれ以上、あいつを調べる必要はありませんから」

「え？」

「だって、そうでしょう。おいらは、あいつの住んでるところも、勤め先の店も知ってるんですよ。これ以上、なんにも調べる必要はねえでしょう」

「何処だよ？」

「え？」

「住んでるところと勤め先だよ」

「住んでるところは、今戸《いまど》の半兵衛《はんべ》店《えだな》で、勤め先は、下谷広小路の『浜屋《はまや》』って矢場ですよ」

「じゃあ、おめえ、あの女が何処で生まれて何処で育ったのかも知ってんのか？　二親は？　兄弟は？」

「そ、そんなの……知りたきゃ、本人に聞きますよ」

「さては、聞いてねえんだな？」

「………」

「旦那が心配するわけだなぁ、坊や」

喜平次としては、どうしても青次をやりこめておかねばならない。だから、殊更勝ち誇ったように言う必要があった。実際には勝ち誇れる要素など何一つないのだが。

「な、なんだよ。お、俺の女なんだから、俺だけが知ってりゃいいことだろ。余計なお世話はやめてくれよ」

窮《きゅう》するあまり、真っ赤になって喚《わめ》き散らすと、青次はそのまま喜平次に背を向け、広小路の人波の中に走り去った。見世物も芝居も、まだまだ盛況な時刻である。橋を行き来する人の列が途切れることはなく、片手で裾を絡げた青次の後ろ姿は、見る間にその中に呑まれてしまう。

（なんだ、ありゃあ）

しばし、呆気にとられて見送ってから、

（まさかあの歳で、はじめての女ってわけじゃねえだろうなぁ）

苦笑しながら、気を取り直して喜平次も歩き出した。

重蔵が余計なお世話を焼きたくなるのも、なんとなくわかる気がする。歳はそれほど違わない筈なのに、苦労の度合いの違いなのか、青次はどうも、実際の年齢よりもかなり子供っぽく見える。童顔のせいもあるだろうが、なんとも頼りなく思えて、世話を焼かずにいられなくなるのだろう。

子供の青次を拾って育てたという《野ざらし》の九兵衛も、成人してからの青次と出会い、足を洗えと執拗に勧めた重蔵も、ともに青次の中に、捨てられた子犬の如き憐れを見出したのだ。

それもまた、青次の不思議な人徳といえるだろう。

（けど、あいつはあれで、《拳《こぶし》》の青次ってぇ、凄腕の巾着切りなんだよなぁ。わかんねえもんだなぁ）

思いつつ、喜平次は先を急いだ。

つまらないことに手間と時間をとらせてくれた重蔵には、少々文句を言ってやらねば、と思いながら。

簪《かんざし》をお店に届けた帰り、屋台でもひやかそうかと両国広小路に向かっているとき、青次は人波の中に桔梗を見かけた。

(ちょうどよかった)

昼時だし、声をかけて、一緒になにか食べようと思い、あとを追った。手間賃をもらったばかりだから、奮発して鰻《うなぎ》でもご馳走してしまおうか。

思ううちにも嬉しくなり、青次は一途《いちず》に足を速めた。

が、なかなか距離が縮まらない。

すぐに声をかけようと思ったのだが、女のあとを尾行ける、という行為に自ら興奮して、機会を失った。一旦距離が開いてしまうと、なかなか人波を分けて近づくことができず、仕方なく、そのままあとを尾行けた。

(あれ?)

桔梗との距離を詰めることができぬままに彼女のあとを追っていると、青次と桔梗とのあいだへ、割って入る者がある。

見覚えのある背中だった。

(喜平次兄貴?)

訝《いぶか》る暇もなかった。喜平次はさすがに慣れた足どりで桔梗との距離を縮め、一定の間合いをとってそのあとを尾行けてゆく。

桔梗は別に先を急いでいるわけではない。何処に向かうというあてのある足どりではなく、ときに、覗きからくりの前で足を止めたり、路上でおこなわれる居合い抜きの芸に見入ったりと、どう見ても漫《そぞ》ろ歩きを愉しんでいる風情であった。だから喜平次は、簡単に彼女との間合いをはかることができたようだ。

しかし、青次にはできなかった。

できなかったがしかし、

(何処へ行くんだろう？)

という興味は一層募った。

結果的に、桔梗ではなく喜平次のあとを尾行けることになったが、それでも青次はなんとか追い続けた。

ところが——。

思わぬ番狂わせがおこった。

喜平次が、桔梗を見失ったのである。青次には最早確認することもできなかったが、見る見る遠ざかった桔梗の、見馴れた紅梅《こうばい》の着物の色はいつしか人波に紛れたのだろう。

女を見失って途方に暮れる喜平次の背後に近寄るくらい、難しいことではなかった。

喜平次が何故桔梗を尾行けていたかについてはある程度想像できたが、一言言っておかねば、と思った。それを喜平次に命じた人物に対して、どうにも我慢がならなかった。完全に、頭に血が上っていた。

「勘弁してくださいよ、旦那」

「なにがだ？」

訴えかける喜平次に、寧ろ心外だと言わんばかりの口ぶりで重蔵は問い返した。

河原の土手で心地よい川風に吹かれてはいるものの、心の中は必ずしも爽快ではない。爽快どころか、不愉快極まりないのだ。

「あの桔梗って矢取り女、青次の女なんでしょう。なんでおいらが、青次の女の素性を調べなきゃならないんですよ」

「青次がそう言ったのか？」

「え？」

「桔梗が自分の女だと、青次が言ったのか？」

「ええ、まあ。……違うんですか？」

喜平次は忽ち困惑する。

「青次の女であるかどうかは別として、あの女は、忍びだ」

「え？」

驚きとともに、喜平次は息を詰めて重蔵を見た。その不機嫌な無表情を見る限り、到底冗談を言っているようには見えなかった。川風にほつれた鬢《びん》の毛が少しく顔にかかるのを、さもうるさそうに払いつつ、

「お前、何度もまかれたと言ったな？　堅気の女に、そんな芸当ができると思うか？」

重蔵は厳しい言葉を投げ、

「でも、それは……」

喜平次は困惑した。

女だと思って油断したんでしょう、という青次の言葉も、強ち《あながち》的外れではないと思いつつも、矢張り、二度三度と尾行をまかれていると、その失態のすべてが油断であったとは考えにくい。

とすれば、相手はやはり、特殊技能を備えた人間なのではないか。

「いいか、喜平次、あの女は忍び——俗に、くの一という輩《やから》だ」

「くの一ですか？」

「女の忍びをそう呼ぶそうだ」

「ええ、聞いたことはありますが」

「おそらく、何者かに金で雇われ、お奉行の命を狙っている」

「ええッ！」

「だから、おめえに調べろ、って言いつけたんじゃねえか」

「で、ですが、青次が……」

「あれは世間知らずの阿呆だ。なんにも知らねえ」

「………」

にべもない重蔵の言葉に、喜平次は容易く絶句した。確かにそのとおりかもしれないが、まさか重蔵の口からそんな言葉を聞くとは思ってもみなかった。優しいのか冷たいのか、重蔵の言葉は、ときに判断に困る。

「おそらく女は、もう金輪際《こんりんざい》矢場にも住み家にも姿を見せないだろう」

「どうしてです？」

「おめえと青次が知り合いだとわかっちまったからだよ」

「ですから、どうしてそれがわかるんです？」

「忍びだからだよ」

にべもなく重蔵は言ったが、喜平次には納得できなかった。青次が彼に声をかけてきたのは、桔梗が人混みに消えたあとのことである。

「忍びってのは、針の落ちる音も聞き逃さねえもんなんだよ」

重ねて言われたが、なお喜平次は納得できず、ただ不満顔に聞き流していた。

（あぶない、あぶない）

喜平次を完全にまいてから、桔梗は内心ホッと胸を撫で下ろした。

青次と喜平次の両方から尾行されることになるとはさすがに予測できなかった。いや、青次一人なら、声をかけられる前に足早に去ってしまえばいいだけのことで、尾行されているとも思わないのだが、そこへ喜平次が参入してきた。

自分を尾行ける喜平次を見かけた瞬間の青次の驚きは、離れていても、ありありと伝わってきた。そんな青次の無防備さを内心嗤《わら》う一方で、好もしくも思っている。

もとより青次のほうは、桔梗が彼に気づいていたとは夢にも知るまい。有名な盗賊一味にもいたことのある、腕のいい掏摸《すり》だと聞いたので誑《たら》し込んだが、実際の青次は悪党とはおよそほど遠い、直《す》ぐな性質の男だった。嫌いではないが、利用価値は皆無だった。

いまはすっかり足を洗っていて、裏の世界とも殆ど繋がっていないようだった。

（だいたい、あの男は一体なに？）

この数日、喜平次に追い回されるようになり辟易《へきえき》していたが、彼が青次と顔見知りらしいと知り、驚きとともに意外に思った。どこから見ても強面《こわもて》でひと癖ありそうな喜平次と、青次のような男が一体どこで結びついているのだろう。盗っ人か掏摸かは知らないが、犯罪者の世界とは実に不思議なものだとも思った。

だが、彼らがもし知り合いでなければ、しつこい喜平次を何処かへ誘《おび》き出し、始末してしまおうかと考えていた矢先のことだ。

青次のおかげで命拾いしたことを、おそらく喜平次は夢にも知るまい。

ともあれ、喜平次のような男から尾行けまわされるようになった以上、グズグズしてはいられなかった。

（さっさとケリをつけなくちゃ）

喜平次の背後にどういう者がいるか、興味が全くないわけではなかったが、いまは兎《と》も角《かく》、目的を果たすことが先決だ。

青次と顔を合わせるのが面倒で、桔梗はその日から矢場には行かず、本来の目的のためだけに動くことにした。

それに、正直なところ、三日とあけずにやって来る青次のことを、そろそろ鬱陶《うっとう》しく感じはじめていた。

(これだから、素人はこわい)

軽く肩を竦めながら、桔梗は先を急いだ。

一日も早く目的を果たして、江戸を離れるべきだと桔梗は思った。

四

月のない真闇。

このときを待っていたかの如く蠢《うごめ》く者たちがある。曇っているわけではなく、月に一度、確実に闇の訪れるこの日を──。

だから桔梗も、この日を待っていた。

かねてよりの計画を実行に移すとすれば、この日を措《お》いて他にないからだ。

何度か下見をして、忍び込むとしたらここしかないと定めた土塀の外れ、奉行所側

の土蔵の前に立ったとき、

「桔梗さん、だったかな？」

不意に背後から呼びかけられ、さすがにギョッとした。

（誰？）

だが、さあらぬていでゆっくりと振り向き、そこに、優しげな顔つきの中年の武士を見出す。桔梗は、野生の獣《けもの》並に夜目がきく。

重蔵が身に纏《まと》った仕立てのよい羽織袴も、《仏》と通称される優しげな顔つきも、しっかり見てとれた。

だから彼を見たその瞬間、少しく顔を顰《しか》め、

「邪魔しないで」

寧ろ懇願する口調で桔梗は言った。

重蔵にはそれが少しく意外であった。

「悪いが、そうはいかねえよ」

優しげな顔つきに、笑みさえ浮かべて応えるが、それが心にもない微笑みだということはわかりきっている。だから桔梗は、もう一度懇願した。

「これは私の仕事なの」

「なるほど、勇ましい恰好をしているな」

と重蔵が感心した桔梗の装束は、闇に紛れる黒一色で、上は袖の窄《すぼ》まった単衣《ひとえ》もの、下履きも、裾を脚絆で巻き込んで動きやすくした軽衫《カルサン》のようなものだった。

野生の獣ほどではないが、重蔵も多少は夜目がきく。

（これが、忍び装束というものか）

桔梗は殆ど化粧をせず、髪もほどいて、頸のあたりで束ねただけだ。だがそのほうが、彼女はいつもより数段美しく見えるということを、重蔵は知った。

「来た」

桔梗が低く口中に口走ったとき。

闇に無数の殺気が溢れた。

殺気を発散する複数の者が、近づきつつあったのだ。

「退《ど》いていてください」

桔梗は言った。

重蔵の予期せぬ展開だった。

「え？」

「闇夜に忍びと戦うのは、あなたには無理です」

言うや否や、桔梗は地を蹴って高く跳んだ。

まるで、夜空を覆うぶ厚い雲の中にでも飛び込もうとするかのような彼女の跳躍は、夥《おびただ》しい殺気の塊《かたまり》を、瞬時に四散させた。

黒い塊は小さく分かれ、総勢五名ほどの捷《はや》い人影となる。

(忍びが五人?)

重蔵が思ううちにも、闇を跳んだ桔梗の体から発せられた閃光が、それらの人影の一つを貫く——。

桔梗の手にした不思議な形の短刀が、音も立てずに、その男の喉《のど》を掻き切っていた。

刃の閃《ひらめ》きが、束の間闇を仄白《ほのじろ》く散らす。

(どういうことだ?)

少し混乱しながら、重蔵は彼らの背後へとまわり込んだ。喉を掻き切られた男の骸《むくろ》は、音もなく重蔵の足下に転がっている。既に息をしていないことはあきらかだった。

「飛天夜叉《ひてんやしゃ》」

男たちの誰かが——或いは全員が、低く口走り、

「そうだ。飛天夜叉の桔梗だ」

静かな口調で桔梗は名乗った。次いで、

「やはり、貴様だったか、半助《はんすけ》」

闇中の人影に向かって言う。

「ちッ」

「伊賀《いが》の掟《おきて》を破った報いを受けよ」

「う、うるせえッ」

半助と呼ばれた者は、焦りと恐怖からか、自ら桔梗めがけて斬りかかった。得物《えもの》が、刃渡り七～八寸程度の諸刃《もろは》の短刀であることは重蔵の目にも明らかだった。だが見たこともない形のその短刀を、半助は逆手《さかて》に構えている。

（危ない――）

と重蔵が感じたとき、半助はその短刀を、逆手のままで大きく繰り出し、草でも刈るような所作を見せた。

が、重蔵の危惧に反して、桔梗は軽くそれをかわした。

半助の切っ尖をかわしざま、背後にいた一人の喉を、音もなく切り裂く――。瞬間夥《おびただ》しい血を噴いている筈だが、喉を裂かれているため断末魔の叫びを発することもなく男は事切れ、地面に頽《くずお》れる。

「くッ」

半助の口からは、明らかに無念の呻きが漏らされた。

(すげえ腕だな)

重蔵はすっかり感心し、桔梗に言われたとおり、彼らの邪魔にならぬよう、道のはずれまで素早く退いた。見たこともない妙な得物を用い、見たこともない構えから襲ってくる者と、闇夜の中で戦うことは確かに不利だ。それに、桔梗の身ごなし手筋に間違いはなく、男たちよりも数段腕は上のようだった。

それがわかっているからだろうか。

桔梗が再度身を躍らせ、もう一人の男の喉を裂いた瞬間、半助が、身を翻《ひるがえ》して逃げ出した。

「おのれ、逃げるか」

桔梗の叫びに、重蔵の体が無意識に応じた。

咄嗟に、半助の行く手を阻んで立ちふさがり、鯉口《こいぐち》を切っていた。だがその瞬間、半助が密かにほくそ笑むのが、闇の中でも重蔵にはわかった。

「………」

そのとき桔梗が、なにか短く叫んだかもしれないが、聞き取れなかった。

ただ重蔵は、本能のままに身を処した。半助が猿《ましら》のように奇妙な構えから繰り出してくる切っ尖を撥《は》ねざま、素早く刀を返し、もう一本の刃を鋭く禦《ふせ》ぐ。禦ぐとともに、はね返し、一瞬間呆気にとられる男の顔を、大上段から真っ直ぐに斬り下げた。

「ぎゃわあッ」

斬られた半助の口からは短く悲鳴が漏らされた。それが、重蔵には些《いささ》か不満だった。できれば桔梗と同じように、断末魔の声すらあげさせず、瞬時に葬ってやりたかったのだ。だが、

「お見事です、与力さま」

駆け寄りざま、息ひとつ乱さずに桔梗は言った。

「半助の隠し刀のこと、よく見抜かれましたね」

「隠し刀？」

「ほら、これ」

と、桔梗は倒れた半助の上に屈《かが》み込み、既に絶命している男の左手を乱暴に摑み上げた。その手には、刃まで黒く塗りつぶした短刀が握られている。

「なるほど、隠し刀か」

重蔵は手放しで感心した。

「あの奇妙な構えは、この隠し刀の存在を気づかれないようにするためか。なるほどなぁ」

「お気づきだったのではないのですか？」

「いや、全然」

「全然？」

「ああ、全然気づかなかった」

「………」

少しも悪びれぬ重蔵に桔梗はしばし呆気にとられ、だがそののち、零《こぼ》れるような笑顔を見せた。闇の中であってもはっきり感じられるその笑顔の美しさに、重蔵は思わず見とれてしまった。相手が、娘のような年齢の女と承知の上で——。

「与力の旦那が、買い食いですか？」

天麩羅《てんぷら》の屋台の前で足を止め、逡巡していると、不意に背後から声をかけられた。

聞き覚えのある女の声音だ。

縁日で賑わう深川八幡の参道を見廻っていたら小腹がすいた。平素は、さすがに立ち食いなど行儀が悪いので自粛しているが、縁日くらいはいいだろうと、重蔵は自らに言い訳をしていた。

「ああ、ここの天麩羅、美味《うま》いんだぜ、お前さんも一つどうだい？」

「じゃあ、かぼちゃとお芋《いも》を」

重蔵が顧《かえり》みると、桔梗は明るく肯いた。その屈託のない様子を見る限り、到底、凄腕の伊賀のくの一とは思えない。

「江戸を離れたら、こういうもの、しばらく食べられなくなりますから」

「江戸を出るのかい」

「はい。伊賀の里に戻ります。長老に報告したら、また来ますけど」

「そうかい。道中、気をつけてな。……まあ、お前さんなら、心配ないか」

言いながら、重蔵は途中で苦笑した。

桔梗も口許《くちもと》を押さえて忍び笑っている。

生憎天《あいにくそら》は鈍い色に曇っていて、いつ雨が降り出してもおかしくない雲行きだが、この伊賀の若いくの一は、悪天候など、ものともしないのだろう。

「ちっとも与力らしくない、って青《せい》さんが言ってたけど、本当にそのとおりですね」

天麩羅を平らげて歩き出すとき桔梗は言い、重蔵の半歩後ろをついて歩いた。

「私は、伊賀の長老であり直系を継ぐ服部《はっとり》家の娘です。故に掟を破る者たちを厳しく罰する、掟の番人をしております」

昨夜、奉行の役宅へ忍び入ろうとしていた不逞《ふてい》の輩《やから》（伊賀の忍び）を葬ったあとで、桔梗は重蔵に向かってそう説明した。

「掟を破る者とは？」

「我々伊賀者は、二代半蔵《はんぞう》がご公儀から追放されてより、伊賀の里にて細々と暮らしておりますが、いつの日にか再び、大樹公《たいじゅこう》に召されることもあろうかと、忍びの修練は怠っておりません」

「確かに、あれほどの技を廃《すた》れさせるのは勿体ないからなぁ」

「ですが、それまでは、世の中のことに決して関わらぬよう、厳しく戒《いまし》められております。ご先祖より受け継がれし忍びの技を悪用すれば、それこそ、世に大乱を引き起こすことも可能なれど、我らはそれを望みませぬ」

口調を改めて桔梗は言い、更に言葉を継いでゆく。

「近頃では、貧しい里の暮らしを嫌い、外へ出て行く者が増えております。それらの者には、忍びの技を決して悪用せぬよう誓いを立てさせてから里を出すのですが、矢張り、悪心をいだく者は後を絶たず……多額の報酬と引き替えに人を殺《あや》める者、他人様の家へ盗みに入る者……」

「なるほど、その忍びの技があれば、何処へ忍び込むのも自由自在だろうからなぁ」

重蔵は合点し、或いは、神業の如き盗みを重ねる《霞小僧》の先代——或いは先々代だかが、元は伊賀の忍びあがりだったのではないだろうか、と想像した。どんなに警戒厳重な家屋敷でも、忍びであれば造作《ぞうさ》もなく忍び入ることだろう。

「盗っ人にも、罰を下すのかい？」

という重蔵の問いに、

「いいえ、盗っ人は仕方ありませぬ」

こともなげに桔梗は答えた。

「え？」

「里を出たからといって、すぐに暮らしが立つ者ばかりではありません。殆どの者はなんの伝手《つて》もなく住むところにも困り、遂には飢えることになります。盗みは、褒められた行いではありませんが、そこまで禁じてはあまりに不憫《ふびん》。それ故、人を殺めぬ盗みについては大目に見ております」

（勝手な掟《おきて》だな）

と思いつつも、一方で重蔵は、伊賀一族に限らず、一族というものを維持してゆくのは蓋《けだ》し大変なことなのだろう、と感じていた。

掟に背《そむ》く者を許さぬのであれば、はじめから誰一人里から出ることを許さず、逆らう者は見せしめに殺せばよい。否、一族が隠れ里に身を隠した当初は、或いはそうしていたかもしれない。

しかし、時は流れ、世間と隔絶された伊賀の里にも、太平が訪れた。太平が訪れるということは即ち、人が死ななくなる、ということだ。戦もなく、外から質《たち》の悪い病を持ち込まれることもないため人は死なず、死なぬが故に増え続ける。

狭い里の中に、やがて人が溢れていったとき、長老の一族は、暗に、希望する者があれば、外へ出て行くがよい、と示唆したのではあるまいか。里の暮らしは自給自足が基本だから、土地に対して人が増えすぎたのでは成り立たない。それ故、敢えて外へ出たがる者が続出するよう仕向けたのではないのか。

そして、里を出ることを条件に、唯一その忍びの技を用いることを許された行為が、「盗み」だ。蓋《けだ》し長老は、

「何人も殺さず、傷つけず、ただ盗むだけであれば、許す」

と、明言したのではなかったか。

そう思えば、世の中に神業のような手口で盗みを繰り返す盗賊が絶えないのも不思議はないと、重蔵は得心したのだ。

人にできない特殊技能を身につければ、ついついそれを駆使してみたくなるのが人情だ。中には、面白半分に富家の屋敷に忍び込み、それが病みつきになってしまったような者もいたかもしれない。

長老自らが暗に諭して里から出した以上、本来外へ出た者たちがなにをしようと勝手な筈だった。だが、いつかは徳川家に帰参することを夢見ている一族である以上、彼らに、世間を騒がせるほど無体な真似をさせてはならない。それ故の、番人なのだろう。

だが重蔵は、自らの考えを、あえて桔梗には告げなかった。告げる必要もないことだった。

「ところで旦那は、いつからあたしを疑ってらしたんです？」

「亀戸天神の境内で、青次と一緒にいるところを見かけたときから――」

参道を歩きながらの桔梗の問いに、前を向いたままで重蔵は応える。

「まさか」

「男に心を許しているように見せながら、お前さんの身ごなしには隙がなかった。蓮っ葉な女の芝居をするなら、もうちょっと、裾《すそ》をだらしなくしなきゃな」

「…………」

「けど、それだけなら、たぶん見過ごしたろうぜ。青次にいい女ができたことが、嬉しかったからな。ところが、お奉行さまが命を狙われてることがわかった」

「あの強面《こわもて》の兄さん、旦那の手先だったんですね。青さんの知り合いだと気づくまで、さっぱりわからなかったけど」

「陰謀のはじまりってのは、存外簡単なもんでな。なにかおかしなことが起こったとき、身近な者のまわりに、それまでいなかった人間が増えてたら、先ずそいつを疑ってみるのさ。……そう思ったとき、最近俺の身近に増えたのは、お前さんだけだった」

「それだけで、あたしを疑ったんですか？」

呆れたように桔梗は問い、重蔵は答えなかった。どの時点で誰を疑ったか。そんなことは、すべてが終わったあとではなんの意味もない。だから本来、答える必要などない。中途半端に答えてしまったのは、重蔵の人の好さ故だろう。

しばし無言で、人波溢れる参道を歩いてから、

「ところで、旦那」

それまで重蔵の半歩後ろを歩いていた桔梗がふと足を速めてその背に追いつき、そっと肩を並べてきた。

「一つだけ、いいですか？」

甘く口調を変え、重蔵を覗き込んでくる。

「あたし、青さんとは、なんでもないんですよ」

「え？」

意外すぎる桔梗の言葉に、少なからず重蔵は驚く。

「申し訳ないけど、あの人のこと、利用させてもらいました。江戸って不思議なとこですね。あたしくらいの歳の女が一人で住んでると、いろいろお節介を焼く人が少なくないんです。後添《のちぞ》いの話とか、本気で持ち込まれるんですよ。でも、しょっちゅう男を連れ込んでるような女なら、放っておいてくれるんです」

「それで、青次を部屋に連れ込んだのか？」

「連れ込んだけど、なんにもしてません」

「………」

「あの人、お酒弱くて、少し飲ませるとすぐに寝ちゃうんです。三度連れ込んだけど、三度とも……」

「いくら酔い潰れて……」

なにもせずに眠ってしまったとしても、女を抱いたか抱かぬかの痕跡は体のどこかに残る。それに全く気づかぬ、などということがあり得ようか。

「そこは……巧くやりましたから。伊賀のくの一には、その……閨房の技もあるんですよ」

「女を抱いた、と思わせる技が？」

「はい」

桔梗はさすがに目を伏せたが、すぐに顔をあげ、再び重蔵の瞳を覗き込むと、

「伊賀の女は、他所者には体をゆるしません」

きっぱりした口調で言った。

「そ、そうか」

重蔵は少しく戸惑った。

何故桔梗が突然そんなことを言い出したのか、その真意をはかりかねたのだ。

「でも、例外はあります」

「え？」

「心底惚れたら、掟なんて……でも、その気持ちを受けいれてもらえなかったら、相手を殺すか、自分が命を絶つんです。それが伊賀の掟です。それを知った上で、もし伊賀の女に惚れられたなら、旦那ならどうします？」

意味深な笑みを浮かべて桔梗は言い、重蔵はしばし言葉を失った。しばし考えたが、遂に言葉は見つからず、苦しまぎれに話題を変えた。

「ところで、俺も一つ聞いていいかな？」

「はい」

桔梗は苦笑いし、頷いた。とことん男を追いつめぬところは気だての好《よ》さのあらわれだろう。

「《飛天夜叉》というのが、お前さんの呼び名かい？」

「はい。《飛天》或いは《飛天夜叉》の桔梗。覚えておいてくださいますか？」

「ああ、忘れられねえな」

重蔵はほぼ即答した。本心からの言葉であった。

五

五歳の娘が、池ノ端で鞠《まり》をついている。

二歳になったばかりの下の娘が、それを一心に見つめていた。

幼い姉と妹は、ともに上等な、赤い練絹《ねりぎぬ》の着物を纏《まと》っている。そのため、池ノ端には大輪の牡丹でも咲いたように華やかな雰囲気が漂っていた。

（なんと、かわいらしい……）

無邪気に遊ぶ我が子らの姿に眼を細めているとき、

「旦那様」

不意に呼ばれ、義兵衛はつと我に返った。

襖の外から義兵衛を呼んだのは、番頭の定吉《さだきち》だ。義兵衛が裏でおこなっている悪事を知らない、数少ない堅気の使用人である。

「なんだ？」

「南町奉行所の与力と名乗るお方が、いらしてますが」

「なに？　南町奉行所だと？」

「なにやら大事なお話がおありだとかで……」

「奉行所の与力が、一体何の用だ」

独《ひと》り言のように呟きながら、義兵衛は少しく不安になった。裏でさんざん悪事を働いていながら、与力に店に来られるようなことは絶対にないとタカをくくっている。

そのためにこそ、多額の冥加金を献上してきたのではないか、とも。

「こちらにお通ししてもよろしゅうございますか？」

「ああ」

義兵衛は仕方なく応じ、立ち上がって、庭に面した障子を閉めた。かわいい子供たちの姿を見ながら、奉行所の与力などと話をしたくはない。そんなところ、悲しいほどに人の親だった。

ほどなく、廊下側の襖が開き、上等そうな麻の銀鼠《ぎんねず》を着た武士が両刀を手挟《たばさ》みながら無言で入ってくる。

義兵衛は下座にさがり、平伏して出迎えた。

「ご用のむきがおありでしたら、こちらから出向きましたものを。わざわざおこしいただきまして、申し訳もございません」

「いや、苦しゅうない。そなたもなにかと忙しいであろうからな」

武士は、迷わず床の間を背にした上座の座布団に腰を下ろした。

(誰だ？　新しい与力か？)

義兵衛は恐る恐る顔をあげて、武士を盗み見る。年の頃は五十がらみ。端正な面差しだが目つきは鋭く、如何にも切れ者といった風貌だが、羽織も袴も着けず、着流しの軽装だ。物腰所作からして、身分の高い武士には違いないが、どうも与力という感じではない。

（何者だ、この男？）

思う間もなく、

「南町の矢部だ」

武士が、名乗った。

（え？　矢部？　矢部といったら、奉行と同じ名ではないか――）

「矢部駿河守定謙である」

義兵衛の心の中を見抜いたように、更に改まった口調で武士は名乗った。

（あっ！）

義兵衛の全身から、忽ち血の気がひいてゆく。

「なんだ、和泉屋。その様子だと、手土産にしようとしていた人間の顔も、ろくに知らなかったようだな。懈怠《けたい》であるぞ」

「あ、あの……」

義兵衛はだらしなく狼狽《うろた》えた。

「まあ、よい」

矢部定謙はピシャリと言い、しばし視線を定めて義兵衛を見据えた。首筋に白刃を当てられたかと錯覚するような鋭い眼に見据えられ、義兵衛は心底ゾッとした。

目の前に、南町奉行ほどの身分の者がいる、ということよりも、矢部定謙と名乗るこの隙のない武士の底知れぬ恐ろしさに、義兵衛は戦《おのの》いていた。多分、自分は殺されるだろう、と思った。

思いながら、密かに身を震わせていたとき、

「ところで、和泉屋」

ふと、口調を改め、矢部が言った。

「わざわざ出向いたのはほかでもない。そのほうに、一つ教えてやろうと思ってな」

「…………」

「そのほう、このところ、さまざまな手を用いて札差株を買い占めているそうだが――」

「そ、そのようなこと、滅相もございませんッ」

義兵衛は必死に口走り、全身でそれを訴えた。そうせざるを得ないほど、矢部の述べる一語一語が、義兵衛の皮膚を鋭く切り裂いていた。

「ことの真偽はどうでもよい」

だが、またしても、とりつく島もない口調である。

「そのほうが、折角手を尽くして買い占めた株も、何《いず》れ二束三文になるということを、

「承知しておけ」

「え？」

「ご老中は、今年のうちにも、株仲間を解散させるおつもりだ」

「ええ――ッ？」

「それを教えてやりたかっただけだ」

「な、なんで……」

義兵衛が次の問いを発するのを待たず、言い捨てるや否や、矢部は二刀を手にして腰を上げた。そのまま、義兵衛のほうなど一顧だにせず座敷を出て行く。ただ、

「嘘だと思うなら、もう一度、五万両の冥加金を献上してみるがよい。いくら金子《きんす》を献上しようが、この私の首を差し上げようが、ご老中のお気持ちは変わらぬだろう。……あれで、なかなかに一徹なお方故」

背中から冷たく言い捨てた。

義兵衛は一言も問い返せなかった。もとより問い返す言葉など持たないが、奉行ほどの身分の者が、義兵衛一人を欺すためにわざわざここまで来たとも思えない。

（株仲間が解散……）

なによりも衝撃的な一言だった。

株仲間が解散させられれば、義兵衛が、悪の限りを尽くし、苦労して手に入れた札差株が、なんの値打ちもない塵芥《ちりあくた》と化す。

そして、未だお目見えさえ得たことのない身ながらも、なんとなくわかる。老中の水野忠邦《ただくに》という男は、一度そうと決めたら、多分躊躇《ためら》うことなく、そうするだろう。だが、

(嘘だ！)

思わず口に出しそうになる言葉を、義兵衛は辛うじて呑み込んだ。そんな馬鹿なことは絶対にあり得ない。あり得るわけがない。そう信じることだけが、いまは和泉屋義兵衛に許された唯一の矜持《きょうじ》であった。

「お奉行さま」

和泉屋の門口から出て来て、周囲など一顧だにせず歩き出す矢部定謙のあとをしばし早足で追ってから、

「いい加減になされませ」

人影の尽きたあたりで重蔵はすかさず声をかけた。

「あなたさまのお命を狙う張本人の家に、自ら乗り込まれるとは、一体どういう御料

簡でございます？」

「………」

矢部は応えず、足を速めて行った。

「彦五郎兄！」

「その名で呼ぶな」

重蔵の予期したとおり、矢部はさも不快げな声をだす。承知の上で、重蔵はその名で彼を呼んだのだ。

「そなたは、五月蠅《うるさ》い」

「これはしたり――」

「ああ、わかった。もうそれ以上、申すな」

大仰に抑揚をつけて言いかける重蔵の言葉を、矢部は慌てて遮った。

「そなたの言いたいことは、わかっておる」

「お奉行さま」

「なんだ？」

「どんなに五月蠅いと思われようが、これだけは申し上げておきます」

「だから、なんだ？」

「ご自分のお命を質《しち》にとられるような真似は、金輪際おやめください。申し上げたいのは、それだけです」

「………」

「あなた様がご自分のお命を質になされては、我らは幾つ命があっても足りませぬ故」

言葉に詰まったらしい矢部の耳に、重蔵は畳み掛けた。いま言わなければ、もうこの先一生言う機会を得られないかもしれない。そんな虞《おそれ》に突き動かされて、重蔵は夢中で口走ったのだった。


本所深川。

藤堂佐渡守《とうどうさどのかみ》の屋敷前を抜けた先の緑《みどり》町一丁目。そのはずれ——まるで来客を拒むかのような薄暗い路地奥に、隠れ家のような居酒屋「鶴《つる》や」はある。

昼間から一日中開いていて、とびきり渋い声の老爺《ろうや》が、材料さえあれば、どんな注文にも応じてくれると知るものだけが訪れる。

「金はねえけど、腹一杯食って、酔っぱらいてえ」

と寝言をほざく客が来ても、ときと場合によっては、聞いてやる。狭い店内が満席になることも殆どないし、泥酔した客からはろくに飲み代もとらない。そんな商売をしていても、店の老爺は一向困らない。

それだけ余裕があるところをみると、蓋し、店の稼ぎだけで食っているわけではないのだろう。

「当たり前だろ」

主人の老爺──《燕》の虎二郎は意味深な表情で不敵に笑う。つきあいの長い喜平次でも、今更ながらにゾクッとくるような凄みのある笑顔だ。

「てめ、いつからここにいるんだよ」

はじめてこの店で働く晋三をひと目見たとき、喜平次は思わず声を荒げた。

あれから──内藤の家から兄弟たちが忽然と消えてしまってから、喜平次は心当たりを懸命に捜し回った。いや、実際のところ、心当たりなどあるはずもなく、たんなる当てずっぽうにすぎないのだが、それでも、思いつく限り、捜し回った。最も多くまわったのは、武家屋敷の中間部屋である。もしかしたら、懲《こ》りない晋三が、又候《またぞろ》来ているのではないかと期待して。

「いつからって……いつからでしたかね、親爺《おやじ》さん？」

「いや、それより、他の奴らは？」

「与五は、火盗の密偵になりました」

「えぇッ！」

「兄ちゃんたちは、家族がいるんで、とりあえず、家族のとこへ戻ったよ」

「…………」

兄弟を連れ去ったのが火盗の手の者たちらしいということは、昨日重蔵から聞かされた。火盗のことなら、虎二郎に聞くのがよかろうと来てみたら、なんと、晋三が店にいた。

しかも、喜平次を見た第一声が、

「いらっしゃいませ」

だ。あまりに巫山戯《ふざけ》すぎている。

「てめえッ」

「まあ、そう怒るな、喜平次。火盗のお取調べがどんなに厳しいかは、おめえだってよくわかってんだろ」

虎二郎が仕方なさそうに喜平次を宥める。

「…………」

「そうなんだよ、兄貴、与五の奴、全部自分一人がやったことにして、兄ちゃんたちは見逃してくれって、言いやがって……泣かせるじゃねえか」

「そうかい」

晋三の言葉を聞きながら、喜平次は内心苦笑している。

(与五郎の奴、馬鹿兄貴から逃げたくて、自ら密偵を買って出たんじゃねえのかよ)

密偵になれば、まさか盗みを手伝うわけにはいかない。それも、晋三が作ったくだらぬ借金を返すための、つまらぬ盗みの手伝いなど、金輪際できなくなる。

「で、おめえはこの家の手伝いか?」

「親爺さんが、真面目に働くなら、いつまでいてもいいって言ってくれたもんで」

悪びれもせずに晋三は言い、

「板倉屋の金蔵を空っぽにしちまった怖ろしい連中が、俺たちを殺しに来るから、内藤の家には帰らねえほうがいいって――」

「そうだな」

喜平次は同意した。

「親爺さんは、大丈夫なんですか?」

「ああ、いまんとこ、真面目に店番してるぜ。それに、こいつは意外と料理上手でな、重宝《ちょうほう》してるぜ」

「そうですか。なら、いいんですがね」

虎二郎と晋三を見くらべながら、

（火盗の役人を動かしたのも、案外旦那の仕業《しわざ》かもしれねえな）

喜平次はぼんやり考えていた。

内藤の家に和泉屋の用心棒が乗り込んできたことを報告したとき、重蔵は驚いた顔をしたが、姿を消した兄弟の身を案じる様子はあまり見られなかった。

それを薄々察したとき、

（《仏》の重蔵も、所詮《しょせん》侍だな）

と思ってしまったが、兄弟が、考えようによっては江戸で最も安全な場所にいると知っていたからこその冷淡さだったとも考えられる。

ともあれ、彼らが無事でいるなら、それでいい。兄弟とは血の繋がりがないらしい与五郎が、血の繋がりのない兄たちを庇《かば》って火盗の密偵に自ら志願したとすれば少々気の毒だが、これ以上兄に振りまわされ続けるよりは、ましかもしれない。それに、長兄の箕吉はともかく、次兄の吉次郎のことは心底慕っているようだったから、大好きな兄を家族の許へ帰すことができて、きっと満足していることだろう。

問題は、いま目の前で飲んだくれ、くだを巻いている男のことである。

「おい、青次、もうそのくらいでやめときな」

「どうしてですよ？　今日はとことんおいらにつきあってくれるんでしょう？」

と喜平次を見据えようとする目は酔眼朦朧《すいがんもうろう》、既になにも捉えてはいまい。

喜平次が注《つ》ぐのをやめると、自ら徳利をとって手酌でぐいぐいやりはじめてから、早四半刻あまり。

「ちっくしょう……なんでぇ、なんで、一言の挨拶もなく、消えちまいやがったんだよぉ——」

呂律《ろれつ》のほうも、相当怪しい。

「しょうがねえだろ。忘れるしかねえんだよ」

肩を叩いて白々《しらじら》しく慰めながら、だが喜平次は、それも致し方なかろうと理解している。男にとって、女に袖にされるほど口惜しく、悲しいことはない。惚れていれば尚更だ。

「ちくしょう……所帯をもってもいいと思ってたのによぅう」

青次はとうとう体の支えを失い、空の皿が並ぶ卓の上に突っ伏してしまった。

桔梗がいなくなった。矢場をやめていて、住んでいた長屋からも姿を消してしまった、と青次が泣きついてきたのは一昨日のことだ。青次の気持ちを考え、一応捜すふりをしてやったが、あまり長引かせても傷が深くなるだけだと考え、今日は酒に誘った。

この痛手から立ち直るには、自分が女から袖にされた、という事実を受け入れ、それを乗り越えるしかない。男と生まれた以上、これからも多々あることだ。

「諦めな。いい女は、世ン中、ごまんといるぜ」

そのまま寝入ってしまえばいいと思い、喜平次は青次の肩にかけた手を背にまわし、優しくさする。

喜平次とて、桔梗という女の正体を、重蔵から聞かされているわけではない。それでも、重蔵の言葉の端々から、だいたいのことは察している。おそらく女は、はじめから青次のことなどなんとも思っていなかったのだろう。そうでなければ、何度か枕を交わした相手に、一言の挨拶もなく消えてしまえるはずもない。

「兄貴はいいよぉ〜、あんな別嬪を女房にしてるんだからぁ」

そのまま寝入るかに思われた青次がつと顔をあげ、吠えるような声で言う。

「おい、青次——」

「兄貴は、いいよ」

口中に悲しく呟いて、青次は再び突っ伏した。その背中からは、ほどなく低い寝息が洩らされはじめる。

(確かにな)

実のところ、女に袖にされた男のつらさなど、喜平次にはわからない。肉体の欲望を満たすためだけに岡場所通いしていた頃を別とすれば、喜平次には、お京と出会うまで、一人の女と深い仲になった経験がなかった。つまり、生まれて初めて「惚れた」と言える女が、お京なのだ。なんの僥倖《ぎょうこう》か、お京も喜平次に惚れてくれた。それ故喜平次は、これまで一度も、女で痛い思いをしたことがない。

慰める言葉が白々しくなってしまうのも、無理はなかった。

「大丈夫ですかね？」

喜平次のために茶漬けを作ってきてくれた晋三が、心配そうに、覗き込んでいる。

「おめえは、女に本気で惚れたことがあるかい？」

「ありませんね」

晋三は即答した。

「あんな厄介なもんに、本気で惚れてどうするんですよ。賽《さい》の目以上に、思いどおりにならねえんですよ」

「違ぇねえ」

喜平次は苦笑した。

同時に、女に惚れた経験もなく、そんな達観したことを言える晋三を、奇妙とも不気味とも思った。世の中には、異性を愛することができない者も存在するということを、喜平次は未だ知らない。

だから晋三を、たんに、女よりも博奕が好きな男、と認識した。世の中には物好きな男もいるものだ、と思った。

しかし、ごく普通の男である青次のことは、重蔵からも、くれぐれもと頼まれている。

「で、どうします？　うちなら、このまま寝かしていってもかまいませんが」

「いや、連れて帰るよ」

喜平次は応えた。

ここからなら、お京の家も青次の長屋も、殆ど変わらぬ距離である。最初は青次をおぶって、彼の長屋へ送り届けるつもりだったが、気が変わった。やはり、お京のところへ帰りたくなったのだ。青次の長屋へ行ったのでは、さすがに疲れてしまって、そのまま朝まで帰れなくなるだろう。

（それに、女に袖にされたばっかりの奴には、他の女を見せてやるのが功徳《くどく》ってもん

だろうぜ）
余裕たっぷりに思いながら青次を背負って歩きだした道は、奇《く》しくも青白い満月だった。
一刻も早く帰って、お京の顔が見たかった。

※　※　※

昼過ぎから、雨になった。

この季節、まるで花の散り際を早めようとでもいうように、しっとりとした冷たい雨が降り続く。

「陰気な雨だな」

重蔵が言うと、

「そうですね」

と同意しながらも、

「でも、じきにあがりますよ」

ほんのりと首を振りながらお悠は微笑む。

「無理だろう」

「いいえ、あがります」

「長雨の季節だぞ」

「だからって、あがらない雨なんてありませんもの」

「…………」

「ちがいますか、信三郎さま？」

問われて、重蔵はしばし考え込んだ。

さまざまな思いが脳裡に去来する。

「そのとおりだ」

と即答できるほど世の理《ことわり》のすべてを知り尽くしているわけではないし、

「そうではない」

と言い切れるほど、世の中に絶望してもいない。

「もう、忘れてくださいな」

「え？」

「もう、私を忘れて、自由になってください、信三郎さま」

「なにを言っている、お悠」

重蔵は慌てた。

重蔵にだけ見えるお悠、重蔵にだけ聞こえるお悠の声……。

それはつまり、彼の心の中に生じたものだ。だから、重蔵に聞こえるお悠の声、お悠の言葉は、重蔵自身の中から発せられたものなのだ。自分自身の言葉が、自分を裏切るなどということがあるだろうか。

「まわりを、ご覧なされませ」

「………」

「たとえば、伊賀のくの一、桔梗さま」

「《飛天夜叉》がどうした？」

気を取り直して、重蔵は問い返す。

「信三郎さまのことが、お好きなのではありませんか？」

「ば、馬鹿を言え。娘ほども歳が違うぞ」

「歳など関係ありません」

「………」

「信三郎さまも、満更ではないのでしょう？」

お悠の言葉が、情け容赦もなく重蔵を追いつめる。

「娘ほども歳の違う若い方から思われて、なによりではありませんか」

「やめてくれ、お悠」

重蔵はたまらず懇願した。

「もう、許してくれ、お悠……」

お悠からの返事はなかった。

苦しげにあたりを見回す重蔵の目には、最早《もはや》お悠の姿は映らなかった。もしかしたら、もう二度と見ることはできないかもしれない、という虞《おそれ》にかられて、重蔵はそのまま目を閉じた。目を閉じてじっとしていれば、そのうち睡魔が訪れる。

重蔵はただひたすら、それを期待した。目が覚めたとき、再びお悠がそばにいてくれたらよいと、願いながら。

時代小説
二見時代小説文庫

奉行闇討《ぶぎょうやみう》ち　与力《よりき》・仏《ほとけ》の重蔵《じゅうぞう》3

著者　藤《ふじ》　水名子《みなこ》
発行所　株式会社　二見書房
東京都千代田区三崎町二－一八－一一
電話　〇三－三五一五－二三一一［営業］
〇三－三五一五－二三一三［編集］
振替　〇〇一七〇－四－二六三九
印刷　株式会社　堀内印刷所
製本　ナショナル製本協同組合

ISBN978－4－576－14128－2
http://www.futami.co.jp/